光文社文庫

文庫書下ろし／長編時代小説

無惨なり
日暮左近事件帖

藤井邦夫

本書は、光文社文庫のために書下ろされました。

目次

江戸川橋
大塚
板橋宿へ
巣鴨
赤城明神
石切橋
松平越前守屋敷
神楽坂
江戸川
切支丹坂
御薬園
中山道
日光御成街道
小石川馬場
傳通院
小石川
神明宮
白山
駒込
小石川御門
水戸徳川家
春日町
水道橋
菊坂台町
御弓町
駒込追分
千駄木
神田川
本郷
加賀前田家
根津権現
道灌山
湯島聖堂
霊雲寺
日暮里
門前町
茅町
湯島天神門前町
不忍池
神田大明神
湯島天神
石神井用水
弁財天
妻恋坂
池之端仲町
根岸
谷中
東叡山寛永寺
下谷御成街道
下谷広小路
外神田
御徒町
向柳原
入谷鬼子母神
（真源院）
三味線堀
幡随院
浅草天王町
甚内橋
鳥越明神
下谷三之輪町
千住大橋
阿部川町
新吉原
新堀川
奥州街道
鳥越橋
旅籠町
東本願寺
日本堤
御米蔵
首尾の松
御蔵前
御蔵前通り
小塚原
浅草広小路
浅草寺
山谷町
御厩河岸之渡し
駒形町
新鳥越橋
雷門
山谷堀
浅草駒形堂
花川戸町
聖天町
竹町之渡し
吾妻橋
今戸橋
今戸町
白鬚之渡し
隅田川
源兵衛橋
瓦町
中之郷
水戸藩下屋敷
竹屋之渡し
向島墨堤
三囲稲荷
長命寺
木母寺
隅田村
北割下水
源森川
小梅村
法恩寺橋
横川
業平橋
寺島村

伝馬町
平川町
四谷御門
市谷
赤坂
麹町
御納戸町
赤坂御門
市谷御門
善國寺
氷川明神
若宮八幡宮
溜池
牛込御門
番町
千鳥ヶ淵
半蔵御門
田安御門
虎之御門
西之御丸
清水御門
新シ橋
外桜田御門
雉子橋御門
和田倉御門
江戸城
一橋御門
猿楽町
幸橋
南町奉行所
土橋
北町奉行所
数寄屋橋御門
神田橋御門
汐留橋
呉服橋御門
常盤橋御門
駿河台
鎌倉河岸
竜閑橋
昌平橋
銀座町
三十間堀川
数寄屋町
鍛冶町
筋違御門
木挽町
京橋
一石橋
今川橋
下谷練塀小路
西本願寺
弾正橋
日本橋
室町
内神田
和泉橋
佐久間河岸
組屋敷
南八丁堀
八丁堀
楓川
雲母橋
伊勢町
大伝馬町
小伝馬町
亀井町
公事宿巴屋
柳原土手
江戸橋
西堀留川
組屋敷
八丁堀
鎧ノ渡し
中之橋
日本橋川
小網町
馬喰町
両国広小路
公事宿巴屋の寮
亀島川
緑橋
汐見橋
千鳥橋
稲荷橋
一ノ橋
浅草御門
浅草橋
鉄砲洲
高橋
新川
南新堀町
箱崎町
行徳河岸
米沢町
佃島
霊巌島
二ノ橋
永久橋
箱崎川
浜町堀
薬研堀
柳橋
両国橋
石川島
永代橋
新大橋
一ツ目之橋
大川
熊井町
佐賀町
今川町
上之橋
万年橋
回向院
大島町
御竹蔵
油堀
海辺大工町
六間堀
越中島
富岡橋
海辺橋
高橋
二ツ目之橋
本所
亥ノ口橋
林町
蓬莱橋
富岡八幡宮
仙台堀
五間堀
南割下水
亀久橋
霊巌寺
小名木川
深川
竪川
吉岡橋
木場
三ツ目之橋
土浦藩下屋敷
崎川橋
新高橋
大横川
0
500m

主な登場人物

日暮左近 元は秩父忍びで、瀕死の重傷を負っているところを公事宿巴屋の主・彦兵衛に救われた。いまは巴屋の出入物吟味人。

彦兵衛 馬喰町にある公事宿巴屋の主。瀕死の重傷を負っていた左近を巴屋の出入物吟味人として雇い、巴屋に持ち込まれる公事の調べに当たってもらっている。

おりん 公事宿巴屋の主・彦兵衛の姪。浅草の油問屋に嫁にいったが夫が亡くなったので、叔父である彦兵衛の元に転がり込み、巴屋の奥を仕切るようになった。

房吉 巴屋の下代。彦兵衛の右腕。

清次 巴屋の下代。

お春 巴屋の婆や。

嘉平 柳森稲荷にある葦簀張りの飲み屋の老亭主。元は、はぐれ忍び。今は抜け忍や忍び崩れの者に秘かに忍び仕事の周旋をしている。

陽炎 秩父の女忍び。左近の元許婚。秩父忍びの復興に尽力している。

小平太 秩父忍び。

猿若 秩父忍び。

烏坊 秩父忍び。

螢 秩父忍び。

木曾連也斉 木曾忍びの御館。

甲賀夢幻 甲賀忍びの総帥。

加納行部 水戸藩御側衆。

小笠原主水 土浦藩総目付。

無惨なり

日暮左近事件帖

第一話　秩父忍び

一

殺気は漲《みなぎ》った。

樵夫《きこり》は手斧を握り、猟師は火縄銃を腰溜《こしだ》めに構え、鋭い眼で周囲の木々や茂みを見廻《みまわ》した。

小鳥の囀《さえず》りや虫の鳴き声は漲った殺気に消え、大木に巻かれた注連縄《しめなわ》が微風に僅《わず》かに揺れているだけだった。

茂みが微《かす》かに動いた。

猟師は、火縄銃の引鉄《ひきがね》を引いた。

火縄銃が火を噴き、茂みの微かに動いた草の葉を弾《はじ》き飛ばした。

刹那《せつな》、枝葉の茂る木の上から棒手裏剣が飛来し、猟師の胸に突き刺さった。

猟師は、眼を瞠《みは》ったまま仰向《あおむ》けに斃《たお》れた。

樵夫は、棒手裏剣が飛来した木の上の枝葉の茂みに手斧を投げた。

手斧は回転し、木の上の枝葉の茂みを切り散らして飛び去った。

樵夫は、山刀の柄《つか》を握って身構えた。

木々の枝葉が風に鳴った。

「結界《けっかい》を破ったのは、甲賀《こうが》忍びだな……」

陽炎《かげろう》の声が、注連縄の巻かれた大木の陰から響いた。

「秩父《ちちぶ》忍びか……」

樵夫は、陽炎の声のした大木を見据えた。

「何か用か……」

「土浦《つちうら》藩の御刀蔵《おかたなぐら》から奪った相州《そうしゅう》五郎正宗《ごろうまさむね》の名刀を返してもらいに来た」

樵夫は、姿を見せぬ陽炎に告げた。

「五郎正宗など知らぬ……」

「知らぬだと……」

「如何《いか》にも……」

「惚《とぼ》けるな。誰だ。秩父忍びに五郎正宗を奪い盗れと頼んだのは、何処の誰だ」

「馬鹿な事を訊《き》くな。忍びの者が依頼主の名を云《い》う筈《はず》はない……」

陽炎の嘲笑《ちょうしょう》が響いた。

「おのれ、秩父忍び……」

樵夫は熱《いき》り立ち、陽炎の声のする注連縄の巻かれた大木に手裏剣を放った。

背後の木の上から、巨大なむささびが両手両足を広げて飛んだ。

樵夫は、滑空して頭上に飛来したむささびを見上げた。

刹那、むささびが忍び刀を一閃《いっせん》した。

樵夫は首筋を斬られて、仰《の》け反《ぞ》り倒れた。

むささびは着地し、刀を背負った鞘《さや》に納めて樵夫の生死を見定めようと近付いた。

むささびは、秩父忍びの陽炎だった。

次の瞬間、陽炎は樵夫の死体から大きく跳び退《の》いた。

樵夫の死体から火が噴き、爆発した。

陽炎は伏せた。

爆発音が響き、火と煙が渦巻いた。

爆発の煙が消えた時、樵夫の五体は四散していた。

「陽炎さま……」

秩父忍びの小平太《こへいた》、猿若《さるわか》、烏坊《からすぼう》たちが現れ、猟師の死体と樵夫の残骸を一瞥《いちべつ》した。

「土浦藩に雇われた甲賀の忍びの者共《ものども》だ。片付けろ……」

陽炎は命じた。

「はっ……」

小平太、猿若、烏坊は、猟師の死体と樵夫の残骸を片付け始めた。

小鳥の囀りが響き、大木に巻かれた注連縄は揺れた。


朝。

江戸湊《えどみなと》から吹き抜ける風は、鉄砲洲波除稲荷《てつぽうずなみよけいなり》の赤い幟旗《のぼりばた》を揺らした。

赤い天道虫《てんとうむし》は、天井に張り付いていた。

公事宿《くじやど》『巴屋《ともえや》』の出入物吟味人《でいりものぎんみにん》の日暮左近《ひぐらしさこん》は、蒲団《ふとん》に寝たまま天井に張り付いている赤い天道虫を見詰めた。

陽炎からの急ぎの繋《つな》ぎか……。

左近は、蒲団から起き上がった。

赤い天道虫は、羽を広げて飛んだ。

本物……。

赤い天道虫は陽炎からの繋ぎではなく、何処からか迷い込んだ本物だった。

左近は、寝間から廊下に出て雨戸を開けた。

朝陽が眩《まぶ》しく差し込み、江戸湊の潮騒《しおさい》が聞こえた。

秩父の陽炎に何かあったのか……。

左近は、不意にそう思った。


神田川《かんだがわ》には荷船が行き交った。

左近は、神田川の南側沿いに続く柳原《やなぎわら》通りを進んだ。

柳森《やなぎもり》稲荷の鳥居が見えた。

左近は、柳森稲荷の鳥居前の空地に入った。

鳥居前の空地には、七味唐辛子売り、古着屋、古道具屋が並び、奥に葦簀《よしず》張りの屋台の飲み屋があった。

左近は、葦簀張りの飲み屋に入った。

「いらっしゃい……」

老亭主の嘉平《かへい》は、小さな笑みを浮かべて左近を迎えた。

「酒を貰《もら》おうか……」

左近は告げた。

「未《ま》だ小料理屋や居酒屋の飲み残しの酒しかねえ。茶にしておきな……」

嘉平は苦笑した。

「ならば茶を……」

左近は茶を頼み、葦簀張りの中の縁台に腰掛けた。

嘉平は、茶を淹《い》れて左近に運んだ。

「どうかしたのかい……」

嘉平は、左近に怪訝《けげん》な眼を向けた。

「秩父忍びに拘《かか》わる噂、何か聞いていないかな……」

左近は、嘉平に尋ねた。

葦簀張りの飲み屋の老亭主の嘉平は元忍びの者であり、今は忍び崩れの者やはぐれ忍びの者に秘かに忍び仕事を周旋《しゅうせん》しており、忍びに拘わる様々な情報を得ていた。

「秩父忍びに拘わる噂……」

嘉平は眉をひそめた。

「ああ……」

左近は、嘉平を見据えて頷《うなず》いた。

「常陸《ひたち》国は土浦藩で城の御刀蔵が破られ、相州五郎正宗の名刀が奪い取られたそうだ……」

嘉平は告げた。

「そいつが……」

左近は眉をひそめた。

「ああ。噂では忍びの者の仕業《しわざ》。秩父忍びではないかとな……」

「そうか……」

秩父忍びには、常陸国土浦藩の御刀蔵を破り、収蔵されていた相州五郎正宗を奪い取ったという噂があった。

左近は知った。

「して……」

左近は、その後の成り行きを訊いた。

「土浦藩としては、甲賀忍びを雇ったそうだ」

嘉平は告げた。

「甲賀忍びか……」

「ああ。そいつも噂だがな。ま、儂《わし》が聞いている噂話は、それぐらいだ……」

嘉平は、噂話を終えた。

「うん……」

左近は頷いた。

嘉平の噂話は、おそらく事実だろう。

秩父忍びは、土浦藩の雇った甲賀忍びの厳しい攻撃に晒《さら》される。

陽炎を始めとした秩父忍びは、甲賀忍びの攻撃に耐えられるか……。

今朝、天井に張り付いていた赤い天道虫は、陽炎たち秩父忍びの苦境を予感させた。

そして、秩父忍びに土浦藩の御刀蔵に収蔵されていた相州五郎正宗を奪えと命じたのは、何処の誰なのか……。

左近は、想いを巡《めぐ》らせた。

馬喰町《ばくろちょう》の通りには、多くの人が行き交っていた。

公事宿『巴屋』は、主の公事師彦兵衛《ひこべえ》や下代《げだい》の房吉《ふさきち》が客の公事訴訟人と町奉行所に出掛けている筈だ。

隣の煙草屋《たばこ》には、未だ婆やのお春《はる》や裏の妾《めかけ》、隠居などは集まっていなかった。

左近は、公事宿『巴屋』の暖簾《のれん》を潜った。


「あら、早いのね……」

おりんは、掃除の手を止めて左近を迎えた。

「うん。彦兵衛の旦那は町奉行所か……」

左近は尋ねた。

「ええ。どうかしたの……」

おりんは、左近に怪訝な眼を向けた。

「暫《しばら》く江戸を離れる。そう彦兵衛どのに告げてくれ」

今、出入物吟味人として抱えている事件はない。

左近は決めた。

「あら。何処に……」

おりんは、戸惑いを浮かべた。

「うむ。ちょいとな……」

左近は、小さく笑った。


秩父の山並みは深い緑に染まり、荒川《あらかわ》の流れは岩場に白い水飛沫《しぶき》を立てていた。

武甲山《ぶこうざん》と荒川の流れの間、影ノ森《かげのもり》に秩父忍びの館があった。

秩父忍びの館は、御館《おやかた》の秩父幻斎《げんさい》が死んでから陽炎、小平太、猿若、烏坊、螢《ほたる》たちによって護《まも》られていた。

陽炎は、秩父忍びの再興を願い、孤児や行き場のない子供を集めて育て、才のある者や願う者に忍びの修行をさせていた。

小平太、猿若、烏坊は、影ノ森一帯に結界を張って秩父忍びの館を護っていた。

そして、陽炎は秩父忍び再興の為に大名などに雇われ、必要な金を稼いでいた。

常陸国土浦藩の御刀蔵を破って相州五郎正宗の名刀を奪うのも、或《あ》る大名家に雇われての仕事だった。

陽炎は、猿若と螢に館の留守を護らせ、小平太と烏坊を従えて常陸国土浦藩に潜入した。そして、御刀蔵に忍び込んで首尾《しゅび》良く相州五郎正宗を奪い取り、依頼主の大名家の者に渡し、百両の報酬を受け取った。

土浦藩は、御刀蔵から相州五郎正宗を奪った者を忍びの者だと睨《にら》み、甲賀忍びを雇って探索を始めさせた。

甲賀忍びは探索を急ぎ、秩父忍びが浮かんだのだ。

秩父忍び……。

甲賀忍びの総帥甲賀夢幻《むげん》は、土浦藩総目付《そうめつけ》の小笠原主水《おがさわらもんど》に報《しら》せた。

「夢幻どの、秩父忍びは既に滅び去ったと聞いているが……」

小笠原主水は、戸惑いを浮かべた。

「如何にも。だが、僅かな生き残りが秩父忍びの再興を願い、秘かに働いているものと聞き及ぶ……」

甲賀夢幻は告げた。

「ならば……」

「配下の者を二人、秩父に送ったのだが、繋《つな》ぎを断ち、行方知れずになった」

「間違いないか……」

小笠原主水は眉をひそめた。

「それ故《ゆえ》、明日、頭《かしら》の左平次《さへいじ》率いる一之組《いちのくみ》を秩父に送り込む」

夢幻は冷笑を浮かべた。


秩父影ノ森の秩父忍びの館では、十二歳から六歳ぐらいの少年少女たちが、小平太や螢の指導で忍びの修行をしていた。

小平太は、体術や剣術、手裏剣などの様々な闘い方と武器の使い方を教えた。

螢は、祖父が毒を始めとした様々な薬を扱う忍びであり、その血を引いて薬草や毒草に詳しかった。

螢は、毒や薬の作り方や扱い方を教えた。

猿若と烏坊は、結界を見廻って侵入者に備えていた。

あれから何年が経ったのか……。

陽炎は、許嫁《いいなずけ》だった加納大助《かのうだいすけ》が日暮左近となって現れた頃を思い浮かべた。

あの時、未だ少年少女だった小平太、猿若、烏坊、螢たちも二十歳《はたち》を過ぎて手練《てだ》れの忍びの者になっていた。

それだけ、私と左近も歳《とし》を取った……。

陽炎は、秩父忍びの再興を願い、それだけを支えに生きて来た。

土浦藩の御刀蔵を破り、相州五郎正宗を奪い取るのは上首尾に終わった。しかし、目論見違《もくろみ》いは、相州五郎正宗奪取が秩父忍びの仕業だと気付かれた事だった。

何故だ……。

己を始めとした秩父忍びの者に経験が少なく、組織が小さくて脆弱《ぜいじやく》な所為《せい》だからかもしれない。

何《いず》れにしろ、土浦藩は甲賀忍びを雇い、相州五郎正宗を奪取した者が秩父忍びだと突き止めた。

二人の甲賀忍びは秩父に入り、樵夫と猟師に扮《ふん》して影ノ森の結界を破って秩父忍びの館に近付こうとした。

陽炎は、甲賀忍びの動きに逸早《いちはや》く気が付き、樵夫と猟師に扮した甲賀忍びを始末した。

甲賀忍びの頭領は、新たな甲賀忍びの者たちを送り込んで来る筈だ。

陽炎は読んだ。

大囲炉裏《いろり》に燃える火は、蒼白《あおじろ》い炎を揺らしていた。

陽炎は、小平太、猿若、烏坊、螢の四人を館の大囲炉裏の間に呼んで事態を教えた。

「それで、どうするのですか……」

小平太は、厳しい面持《おもも》ちで陽炎に尋ねた。

「無論、結界を破って侵入すれば迎え討つ……」

陽炎は、揺れる炎を顔に受けて告げた。

「我らは、陽炎さま、俺、猿若、烏坊の四人。甲賀忍びを迎え討てますか……」

小平太は、厳しく尋ね続けた。

「小平太、私も闘う……」

螢は告げた。

「それでも五人。子供たちを闘わせる訳にはいかぬ。それで甲賀忍びを迎え討ち、勝てますか……」

「小平太、勝てるかどうかじゃあない。勝たねばならぬのだ」

猿若は、怒ったように告げた。

「そうだ。甲賀忍びと闘わずに尻尾《しっぽ》を巻けば、秩父忍びは終わる。今は何が何でも甲賀忍びと闘うしかないのだ」

烏坊は昂《たか》ぶり、声を震わせた。

「そんな事は、云われる迄《まで》もなく分かっている。分かった上で訊いているのだ……」

小平太は告げた。

秩父忍びは、存亡の危機を迎えている。

大囲炉裏の火は燃えた。

「闘う。俺は闘う……」

「俺もだ。覚悟は決まっている」

「私も……」

猿若、烏坊、螢は、己の覚悟を告げた。

「よし、決まった。我らは闘い、秩父忍びの道統《どうとう》を守る。陽炎さま……」

小平太は、陽炎に伝えた。

「うむ。我らは少人数。出来るだけ結界で食い止めるが、おそらく甲賀忍びは人数を嵩《かさ》に押し込んでくるだろう。最悪の時は、此《こ》の館に誘い込んで皆殺しにする」

陽炎は静かに伝えた。

「はい……」

小平太、猿若、烏坊、螢は頷いた。

「螢、子供たちを橋立《はしだて》の洞窟にな……」

陽炎は、厳しい面持ちで命じた。

陽炎は、秩父忍びの館の周囲三箇所に結界を張り直し、小平太、猿若、烏坊に護らせた。

「南無《なむ》大師《だいし》遍昭《へんじょう》金剛《こんごう》……」

秩父往還に二十人程の雲水《うんすい》が現れ、経を読みながら影ノ森に向かっていた。

二人の雲水が行く手に現れた。

二十人程の雲水は立ち止まった。

二人の雲水は、二十人程の雲水に駆け寄って来た。

「どうだ……」

雲水の一人、甲賀一之組の頭左平次が進み出た。

「左平次さま。秩父忍び、館の周囲に結界を張っております」

二人の雲水は、頭の左平次に告げた。

「結界か……」

左平次は眉をひそめた。

「はい。人数の少ない秩父忍びの張った結界、何程の事もありますまい」

二人の雲水は、嘲《あざけ》りを浮かべた。

「人数は少なくても地の利は秩父忍びにある。呉々《くれぐれ》も油断は禁物だ……」

左平次は、厳しく云い放った。

「はっ……」

二十人程の雲水は頷いた。

「ならば、五人ずつ三つの組を作り、三箇所の結界を破るのだ」

「はっ……」

「残る者は俺に続け……」

甲賀の左平次は命じた。

木々の間を抜けた斜光は茂みを照らし、小鳥の囀りが飛び交っていた。

獣道《けものみち》に五人の甲賀忍びの者が現れた。

小鳥の囀りが消えた。
五人の甲賀忍びの者は、秩父忍びの館の裏手に向かって獣道を進んだ。
刹那、五人の先頭にいた甲賀忍びの者が枯枝を踏んだ。
ぽき……。
枯枝の折れる音が鳴り、前後左右から半弓の矢が飛んだ。
半弓の矢は短く飛び、躱《かわ》す間もなく甲賀忍びの者たちに突き刺さった。
三人の甲賀忍びの者が斃れた。
残る二人の甲賀忍びの者は、慌《あわ》てて傍《かたわ》らの木の陰に隠れた。
隠れた木の上から手突矢《てつきや》が落下し、潜んだ甲賀忍びの者の首に突き刺さった。
甲賀忍びの者は、呻《うめ》き声を洩《も》らして崩れた。
一人残った甲賀忍びの者は、手突矢の放たれた木の上に手裏剣を続けざまに投げた。
続けざまに投げられた手裏剣は、木の上の葉を散らした。
黒い人影が木の上から跳んだ。
甲賀忍びの者は、木の上から跳んだ黒い人影を追った。
忍び姿の小平太が背後に現れ、苦無《くない》を握り締めて甲賀忍びの者に飛び掛かった。

甲賀忍びの者は振り返った。
小平太は、振り返った甲賀忍びの者の胸に苦無を叩き込んだ。
甲賀忍びの者は、苦しく眼を瞠って仰向けに倒れた。
小平太は大きく跳び退いて、斃れた五人の甲賀忍びの者の様子を窺《うかが》った。
静寂が訪れた。
僅かな刻《とき》が過ぎ、小鳥の囀りが飛び交い始めた。
甲賀忍びの者たちは絶命したが、火薬は抱えてはいなかった。
小平太は立ち上がり、五人の甲賀忍びの者の死体を片付け始めた。

二

雑木林は風に鳴った。
秩父忍びの館の左右の横手の結界には、猿若と烏坊が忍んでいた。
五人の甲賀忍びの者は、秩父忍びの館の左横の雑木林に現れた。
雑木林には木洩れ日が揺れ、虫の音が満ちていた。
甲賀忍びの者たちは、雑木林に踏み込んだ。

次の瞬間、甲賀忍びの者の一人が首筋に手裏剣を受けて斃れた。

四人の甲賀忍びの者は茂みに散り、手裏剣の放たれた処《ところ》を探した。

雑木林に殺気が満ち、虫の音が消えた。

忍び姿の猿若が、木の上に忍んでいた。

秩父忍び……。

四人の甲賀忍びの者は気付き、木の上の猿若に手裏剣を投げた。

猿若は跳んだ。

隣の木の上に向かい、猿のように身軽に跳んだ。

甲賀忍びの者たちの放った手裏剣は、虚《むな》しく木の葉を散らした。

猿若は、木の上から手裏剣を放った。

甲賀忍びの者が手裏剣を額に受けて斃れた。

残る三人の甲賀忍びの者は、素早く木陰や茂みに潜んだ。

猿若は、木々の枝の上を自在に跳び、残る三人の甲賀忍びの者の頭上を廻《まわ》り、上からの手裏剣攻撃を続けた。

三人の甲賀忍びの者は、猿のように身軽に木々の枝を跳び廻って手裏剣を投げる猿若の攻撃に怯《ひる》み、後退《あとずさ》りをして身を翻した。

猿若は、木の上から手裏剣を放った。

手裏剣は、甲賀忍びの者の一人の背中に突き刺さった。

背中に手裏剣を受けた甲賀忍びの者は、前のめりに倒れた。

残る二人の甲賀忍びの者は逃げ去った。

猿若は、地上に下りず、木の上を跳んで闘い抜いた。


秩父忍びの館の右の横手には、荒川から引かれた小川が流れていた。

小川の幅は二間《けん》半（約四・五メートル）あり、深く掘り下げられていた。

五人の甲賀忍びの者は、小川の岸辺に現れた。

小川を渡った向こうには土塁《どるい》があり、雑木林に続いて秩父忍びの館の土塀《どべい》があった。

五人の甲賀忍びの者は、岸辺から小川の向こうに見える秩父忍びの館を窺った。

五人の甲賀忍びの者は、一斉に小川を跳び越えた。そして、着地と同時に撥《は》ね飛んで転がり、蹲《うずくま》った。

小川の向こう岸、跳び越えて着地する一帯には、竹で作られた車菱《くるまびし》が隙間《すきま》なく撒《ま》かれていたのだ。

〃車菱〃とは、八本の長い棘《とげ》を持つ鉄の撒菱《まきびし》だが、撒かれていた物は竹で出来ていた。
五人の甲賀忍びの者は、足の裏に突き刺さった竹の車菱を抜き取った。
足の裏の傷は浅かった。
小細工をしおって……。
五人の甲賀忍びの者は、足の裏から抜いた竹の車菱を投げ棄《す》てて立ち上がろうとした。
次の瞬間、五人の甲賀忍びの者は、足を取られて倒れた。
足が痺《しび》れ、感覚が失われていた。
毒……。
竹の車菱の八本の鋭い棘には、痺れ薬の毒が塗られていたのか……。
五人の甲賀忍びの者は焦った。
土塁の上に烏坊が現れた。
五人の甲賀忍びの者は焦り、立ち上がろうと必死に踠《もが》いた。
烏坊は苦笑し、踠く五人の甲賀忍びの者に土塁の上から手裏剣を投げた。
五人の甲賀忍びの者は、飛来する手裏剣を必死に躱し、忍び刀で叩き落とした。

しかし、二人の甲賀忍びの者は、立ち上がれぬまま手裏剣を首や胸に受けて斃れた。

残る三人の甲賀忍びの者は、烏坊に手裏剣を投げた。

烏坊は、土塁の陰に身を伏せて躱した。

三人の甲賀忍びの者は、小川に転がり込んで潜って身を隠し、両腕だけで泳いで逃げようとした。

逃がすものか……。

烏坊は、土塁から小川の岸辺に走り、潜って逃げる甲賀忍びの者に手裏剣を放った。

手裏剣は、潜って逃げる甲賀忍びの者の背中に突き刺さった。

甲賀忍びの者は背中から血を広げ、浮かび上がって流された。

残るは二人……。

烏坊は、小川の流れに逃げた甲賀忍びの者たちを岸辺伝《づた》いに追った。

秩父忍びの館の裏手、左右の横手の結界は破られなかった。

小平太、猿若、烏坊は、甲賀忍びの者の攻撃を防ぎ、結界を護り切った。

一人前だ……。

陽炎は、小平太、猿若、烏坊が忍びの者として一人前になったのを喜んだ。

秩父忍びの裏手の結界に向かった五人……。

左の横手に向かった者が三人……。

右の横手に向かった者が三人……。

都合十一人の甲賀忍びの者が戻らなかった。

おのれ、秩父忍び……。

頭の左平次は臍《ほぞ》をかみ、秩父忍びを甘く見た己に腹を立てた。

自分が残る手勢《てぜい》を率いて、秩父忍びの屋敷を正面から攻める。

頭の左平次は決め、残る十人程の甲賀忍びの者を率いて秩父忍びの屋敷に向かった。

甲賀忍びの者たちは、結界突破に失敗して正面から来る。

陽炎は読み、秩父忍びの館の表門を閉めた。そして、裏手に小平太、左右の横手を猿若と烏坊に任せた。

螢は、既に抜け道を使って子供たちを橋立の洞窟に避難させている。

陽炎は、甲賀忍びの者たちの攻撃を待った。


秩父忍びの館は、表門の左右に深い堀割があり、土塀が廻されている。

甲賀忍びの頭左平次は、十人程の配下を従えて秩父忍びの館に迫った。

仕掛矢、木の上からの攻撃、痺れ薬を塗った竹の車菱……。

人数の少ない秩父忍びは、様々な手立てを使って来る。

次はどんな手を使うのか……。

左平次は、秩父忍びに不気味さを覚えた。


来たか……。

陽炎は、忍び装束に身を包んで秩父屋敷の屋根裏の隠し窓から表門を窺った。

甲賀忍びの者が、閉じられた表門の上に現れた。そして、秩父忍びの館の様子を窺い、跳び下りようとした。

陽炎は、隠し窓に仕掛けてある表門の上に狙いを定めた弩《ど》を射た。

弩の矢は、表門の上から跳び下りようとした甲賀忍びの者の胸を射抜いた。

甲賀忍びの者は、呻き声を洩らして表門の上から消えた。

次はどう来る……。

陽炎は、緊張した面持ちで隠し窓から表門を見守った。

次の瞬間、甲賀忍びの者が表門の上を跳び越えて現れた。

陽炎は、咄嗟《とっさ》に弩の矢を射た。

甲賀忍びの者は、宙で一回転して飛来した弩の矢を躱《かわ》し、表門内に跳び下りた。

表門内には誰もいなく、殺気もなかった。

甲賀忍びの者は見定め、指笛を短く鳴らした。

二人目の甲賀忍びの者が、続いて表門を跳び越えて侵入した。

陽炎は、壁の杭に結んであった細い革紐《かわひも》を切った。

表門内の曲げられた竹が撥ね上がり、侵入した二人の甲賀忍びの者を網に入れて一気に吊り上げた。

網に捕らわれた二人の甲賀忍びの者は、激しく狼狽《うろた》えて脱《ぬ》け出そうとした。

陽炎は、弩の矢を次々に射た。

網から脱け出そうと踠く二人の甲賀忍びの者は、弩の矢の餌食《えじき》になった。

陽炎は、表門から侵入した三人の甲賀忍びの者を斃した。

陽炎は、隠し窓での防御は此迄と読み、屋根裏を出た。

此迄《これまで》だ……。

「おのれ……」

左平次は、配下の甲賀忍びの者を次々に斃されて苛立《いらだ》ち、一斉攻撃を命じた。

甲賀忍びの者たちは、表門を越えて秩父忍びの館に侵入した。そして、表門の閂《かんぬき》を外した。

左平次は、漸《ようや》く秩父忍びの館の表門内に入り、前庭の向こうの式台《しきだい》を窺った。

表門から館の間には人影も殺気もない。

勝負は、式台の板戸を開けてからだ。

左平次は、式台に走った。

配下の甲賀忍びの者たちが続いた。

左平次は、配下の甲賀忍びの者に目配せをした。

甲賀忍びの者が三人ずつ横手の左右に走った。

左平次は、残る二人の配下を促した。

二人の配下は、板戸を左右から開いた。

板戸の奥には暗い廊下が続き、突き当たりに小さな火が灯《とも》されていた。
殺気はない……。
左平次は見定め、式台に上がって暗い廊下に踏み込んだ。
微かな軋《きし》みが鳴った。
左平次は、構わず廊下の奥に進んだ。
二人の甲賀忍びの者が続いた。
突き当たりの小さな火が揺れた。
左平次は進んだ。
次の瞬間、廊下の床が動いた。
左平次は、咄嗟に跳んだ。
廊下の床板が開き、暗く深い穴が開いた。
落とし穴だ。
二人の甲賀忍びの者は、暗く深い落とし穴に落ちて消えた。
左平次は、床板の消えた廊下の先に跳び下りた。
突き当たりの小さな火は、激しく揺れた。
左平次は振り返った。

暗く深い落とし穴に落ちた二人の甲賀忍びの者の姿は見えず、声も聞こえなかった。

暗く深い落とし穴の底には、槍の穂先が埋《い》けられているのだ。

串刺しだ……。

二人の甲賀忍びの者は斃された。

おのれ、秩父忍び……。

左平次は、苛立ちながら廊下の奥に慎重に進んだ。


秩父忍びの館の右側には庭があり、面した建物は雨戸が閉められていた。

三人の甲賀忍びの者は雨戸に忍び寄り、問外《といかき》を使って僅《わず》かに開けた。そして、雨戸の内側を覗《のぞ》き込んだ。

雨戸の内側には暗い縁側が続き、座敷の障子が続いていた。

人の気配や殺気はない。

三人の甲賀忍びの者は見定め、暗い縁側に身軽に上がった。そして、障子を開けて座敷に忍び込もうとした。

だが、障子は開かなかった。

「障子ではない……」

甲賀忍びの者は狼狽《うろた》えた。

障子は、板に巧妙に描かれた絵だった。

他の甲賀忍びの者は、隣の座敷に走って障子を開けようとした。だが、隣の座敷の障子も巧妙に描かれた絵だった。

次の瞬間、僅かに開けて忍び込んだ雨戸が閉まった。

三人の甲賀忍びの者は、縁側に閉じ込められて狼狽えた。

刹那、縁側の奥から黒い大きな鳥が一直線に飛来した。

大烏《おおからす》……。

三人の甲賀忍びの者は、迫る大烏に手裏剣を投げた。

大烏は、顔の前に鋼《はがね》の手甲《てつこう》を組んで手裏剣を弾き飛ばした。

三人の甲賀忍びの者は、雨戸を破って庭に出ようとした。だが、雨戸の板は厚く、蹴破る事は出来なかった。

黒い大きな鳥は、三人の甲賀忍びの者の頭上を苦無を煌《きら》めかせて飛び抜けた。

甲賀忍びの者が二人、血を飛ばして斃れた。

黒い大きな鳥は、縁側の奥に跳び下りた。

烏坊だった。

烏坊は、縁側の天井沿いに張った縄に五体を吊り、滑車を使って滑り飛んで攻撃をしたのだ。

一人残った甲賀忍びの者は、烏坊に手裏剣を投げた。

烏坊は、傍《そば》の障子の絵の描かれた板の端を素早く押した。

障子の絵の描かれた板が廻り、手裏剣を受け止めた。

隠し回転扉だ。

甲賀忍びの者は、烏坊の動きを見て傍の障子の絵の描かれた板の端を押した。

板は廻り、奥に暗い座敷が見えた。

甲賀忍びの者は、暗い座敷に跳び込んだ。

眼の前に烏坊が現れた。

甲賀忍びの者は怯んだ。

烏坊は、怯んだ甲賀忍びの者の腹に素早く苦無を叩き込んだ。

秩父忍びの館の左手は、黒い板の張られた壁が続いていた。

三人の甲賀忍びの者は、館への出入口を探して進んだ。しかし、黒い板壁には戸も窓も見当たらなかった。

ない。戸口も窓もない……。

三人の甲賀忍びの者は、焦りながら忍び口を探して奥に進んだ。

黒い板壁の上の隠し窓が開き、忍びの者が現れた。

猿若だった。

猿若は、眼下を行く甲賀忍びの者の三人目に向かって跳び下りた。

甲賀忍びの者の三人目は、頭上から盆《ぼん》の窪《くぼ》に苦無を叩き込まれて叫ぶ事もなく崩れた。

猿若は、素早く黒い板壁に跳んだ。

黒い板壁の隠し戸が開き、猿若は中に跳び込んだ。

先を行っていた二人の甲賀忍びの者は、三人目が斃れたのに気が付いて身構えた。

刹那、二人の甲賀忍びの者の背後の黒い板壁の隠し戸が開き、猿若が跳び出して忍び刀を煌めかせた。

二人の甲賀忍びの者は虚を突かれ、呆然《ぼうぜん》とした面持ちで斃れた。

猿若は笑った。

廊下の突き当たりには角行燈《かくあんどん》の蠟燭《ろうそく》の火が灯されており、左右に廊下が続いていた。

左平次は、蠟燭の火の揺れから風の吹く方向を読み、風下の暗い廊下に進んだ。

「甲賀忍び……」

暗い廊下に野太い声が響き、龕燈《がんどう》の明かりが放たれた。

左平次は、身を隠す場所を探した。しかし、長い廊下に隠れる場所はなく、左平次は身を晒して構えるしかなかった。

「配下の者共《ものども》は悉《ことごと》く討ち取った。後に続くが良い……」

声は龕燈の奥から放たれていた。

左平次は、眼を細めて声の主を見定めようとした。

刹那、龕燈の奥から弩の矢が飛来した。

狭い廊下に跳んで躱す余裕はない。

左平次は、咄嗟に忍び刀を抜いて飛来した弩の矢を叩き落とした。

弩の矢は、廊下の床に突き刺さった。

左平次は、床を蹴って龕燈の明かりに向かって走った。

弩の矢が次々に飛来した。
左平次は、次々に飛来する弩の矢を切り飛ばし、叩き落として走った。
次の瞬間、左平次は顔を歪《ゆが》めて立ち止まった。
左平次の胸には、手裏剣が深々と突き刺さっていた。
「お、おのれ……」
左平次は、次々に射られた弩の矢に混じって飛来した手裏剣を躱せなかった。
「此迄だな……」
陽炎は、龕燈の明かりの前に現れた。
刹那、左平次は忍び刀を構えて猛然と陽炎に突進した。
陽炎は、迎え討つかのように忍び刀を抜き放った。
左平次は、陽炎に鋭く斬り掛かった。
陽炎は斬り結んだ。
左平次は、胸に手裏剣を打ち込まれたのにも拘わらず、陽炎と激しく斬り結んだ。
陽炎は後退りした。
左平次は、嵩に掛かって押した。

背後に小平太が現れた。
左平次は、その気配に振り返った。
小平太は、忍び刀を真っ向から斬り下げた。
左平次は、額を斬り下げられて立ち竦《すく》んだ。
「甲賀忍び、秩父忍びを侮《あなど》った報いだ」
小平太は笑った。
猿若と烏坊が現れ、廊下の壁の隠し戸を素早く左右から開いた。
隠し戸の外は庭だった。
小平太は、立ち竦んだ左平次を隠し戸の外の庭に蹴り出した。
左平次は、庭に転げ落ちた。
「伏せろ……」
小平太は告げた。
猿若と烏坊は伏せた。
庭に落ちた左平次は、五体から火を噴いて爆発した。
僅かな刻が過ぎ、爆発が鎮まった。
陽炎、小平太、猿若、烏坊は、庭で自爆した左平次の千切れた五体を見下ろした。

「甲賀忍び、口程《くちほど》にもない……」

猿若は笑った。

「猿若、甲賀忍びは我ら秩父忍びを甘く見て墓穴を掘った迄だ。次は違う……」

小平太は、猿若を窘《たしな》めた。

「小平太の云う通りだ。此度は地の利のある館内での闘い。そして、甲賀忍びは我ら秩父忍びの力を値踏みした迄。次は容赦のない攻撃を仕掛けて来る筈だ……」

陽炎は、厳しさを漲《みなぎ》らせた。

三

燭台《しょくだい》の仄《ほの》かな明かりは、現れた甲賀忍びの総帥甲賀夢幻の横顔を照らした。

側役《そばやく》の佐助《さすけ》は、甲賀一之組の頭の左平次からの繋ぎが途絶えた事を報せた。

「左平次の繋ぎが切れたたと……」

甲賀夢幻は、側役の佐助に訊き返した。

「はっ……」

佐助は頷いた。

「左平次、秩父忍びを侮り、策もなく攻め込み、皆殺しにされたか……」

夢幻は読んだ。

「一之組が皆殺し……」

佐助は眉をひそめた。

「うむ。だが、此《これ》で秩父忍びがどれ程の忍びか良く分かった。最早《もはや》、容赦は無用。佐助、甲賀二之組の頭の双竜《そうりゆう》を呼べ……」

夢幻は命じた。

「はっ……」

佐助は消えた。

「秩父忍び、御館の秩父幻斎が死んで道統も絶え、人数もいないと聞いていたが、どうやらそうでもないようだ……」

夢幻は苦笑した。

秩父影ノ森の秩父忍びの館は、静けさに覆われていた。

陽炎、小平太、猿若、烏坊は、秩父忍びの館の護りを固めた。

甲賀忍びは、次は秩父忍びの館の外での闘いを挑んでくる筈だ。

陽炎は、小平太、猿若、烏坊と館の外の護りを検《あらた》め、厳しくした。そして、橋立の洞窟に避難した螢に命じ、子供たちを里に放って見張りをさせた。

子供たちは遊びながら見張りをし、見掛けぬ者がやって来ると螢に報せた。

甲賀忍びの攻撃は、容赦なく激しくなる筈だ。

陽炎は、最後は甲賀忍びを館に誘い込んで殲滅《せんめつ》するしかないと見定めていた。

秩父忍びの館を焼き払ってでも……。

陽炎、小平太、猿若、烏坊は覚悟を決めていた。


甲賀忍び二之組の頭の双竜は、配下の甲賀忍びの者を旅の者、行商人、巡礼、雲水などに仕立てて秩父影ノ森一帯に放ち、秘かに秩父忍びの館の様子を探索させた。

秩父忍びの館は出入りする者もいなく、厳しい警戒は窺えなかった。

だが、左平次率いる甲賀一之組は壊滅させられた。

秩父忍びの館には、様々な仕掛けが張り巡らされており、甲賀忍びの侵入を阻もうとしているのだ。

闘いは秩父忍びに地の利のある館ではなく、外でやるしかないのだ。しかし、秩父忍びが此方《こちら》の狙い通りに外で闘うとは思えない。

ならば、どうする……。

双竜は、秩父忍びの者共を影ノ森の館から引き摺《ず》り出す手立てを思案した。


秩父影ノ森の里は、里人《さとびと》たちが野良仕事に励む緑の田畑が広がり、長閑《のどか》な風景が広がっていた。

子供たちは、小川で楽しげに魚を獲《と》り、野原に兎や狸を追っていた。

影ノ森には、秩父観音霊場三十三箇所の二十六番札所《ふだしょ》である万松山円融寺《まんしょうざんえんゆうじ》があり、霊場廻りの巡礼が行き交っていた。

巡礼の老婆は、菅笠《すげがさ》を被《かぶ》って笈摺《おいずり》を背にし、竹杖を突き、御詠歌《ごえいか》を口ずさみながら田舎道を円融寺に向かっていた。

田舎道を横切る小川には、小さな橋が架かっていた。

小川では、子供たちが楽しげに魚獲りをしていた。

巡礼の老婆は、子供たちが魚獲りをする小川に架かっている小橋に立ち止まった。そして、土手に腰を下ろし、楽しげに魚獲りをする子供たちに眼を細めた。

僅かな刻が過ぎた。

巡礼の老婆は、竹の杖を頼りに立ち上がった。

次の瞬間、竹の杖が折れ、巡礼の老婆は前のめりに倒れた。

土煙が舞い上がった。

「虎《とら》兄ちゃん、婆ちゃんが転んだ……」

魚獲りに励んでいた子供たちが気が付いた。

「どうしたの、婆さん……」

虎兄ちゃんと呼ばれた十二歳程の少年は小川から上がり、倒れた巡礼の婆さんに駆け寄った。

巡礼の婆さんは、前のめりに倒れた時に額を打ち付けたのか、血を滲《にじ》ませて気を失っていた。

「死んだのかい、虎兄ちゃん……」

六歳程の男の子は、恐ろしそうに虎兄ちゃんに訊いた。

虎は、巡礼の老婆の胸に耳を当てた。

「いや、息はしている。生きているよ」

虎は笑った。

「良かった……」

六歳程の男の子は、嬉しげに笑った。

旅の侍が塗笠《ぬりがさ》を目深《まぶか》に被り、巡礼の老婆を助ける虎たち子供を眺めていた。


静かな日々が続いた。

此《こ》のままでは埒《らち》が明かない……。

甲賀忍び二之組頭の双竜は、総帥甲賀夢幻の苛立つ顔を思い浮かべた。

秩父忍びの出方を見る……。

甲賀忍びの二之組頭の双竜は、秩父忍びの館に仕掛ける事にした。

日は暮れた。

秩父忍びの館は、夜の闇と虫の音に包まれた。

双竜は、暗い秩父忍びの館を見据えて右手をあげた。

甲賀忍びの者たちが現れた。

虫の音が止んだ。

双竜は、あげた右手を降ろした。

甲賀忍びの者たちは、一斉に秩父忍びの館に向かって走った。

秩父忍びの館の屋根裏の隠し窓から火矢が夜空に向かって射られた。

火矢は夜空で爆発し、秩父忍びの館の前を明るく照らし、甲賀忍びの者たちの姿を浮かびあげた。

刹那、秩父忍びの館の屋根の上から弩の矢が次々に射られた。

館に走る甲賀忍びは明かりに照らされ、身を隠す場所もないまま弩の矢を浴びて次々に斃れた。

おのれ……。

双竜は苦笑し、指笛を短く鳴らした。

甲賀忍びたちは素早く退《ひ》いた。

火矢の明かりは既に消え、秩父忍びの館は再びくらい静寂に覆われた。

甲賀忍び二之組頭の双竜は、秩父忍びの館を見詰めた。

追って来ないか……。

双竜は、退く甲賀忍びの者を見た秩父忍びが嵩に掛かって追って来るのを狙った。

だが、秩父忍びは追って来なかった。
乗っては来ぬか……。
双竜は苦笑した。

二人の甲賀忍びの者は、秩父忍びの館の裏手に忍び寄った。
館の裏手に秩父忍びはいない……。
甲賀忍びの者たちは見定め、裏手に火薬を仕掛けようとした。
刹那、手裏剣が飛来した。
二人の甲賀忍びは咄嗟に躱し、手裏剣の投げられた処を見定めようとした。
眼の前に小平太が現れた。
二人の甲賀忍びは、自ら眼の前に現れた小平太に思わず怯んだ。
次の瞬間、小平太は刀を閃《ひらめ》かせた。
閃光《せんこう》が走った。
二人の甲賀忍びの者は、首の血脈を断ち斬られ、血を振り撒いて斃れた。
護るのは中からだけではない……。
小平太は嘲笑った。

秩父忍びの館の裏手から火の手は上がらなかった。
失敗した……。
双竜は、裏手に火を放つ企《くわだ》てが失敗したと読んだ。
やはり、秩父忍びの護りは固い……。
双竜は見定め、微かな焦りを覚えた。
焦るな……。
双竜は、己に云い聞かせた。
此のままでは、一之組の左平次の二の舞になる。
やはり、秩父忍びの館から引き摺り出すしかないのだ。
双竜は、配下の甲賀忍びの者たちを退かせた。

燭台の火は、小屋の中に横たわる巡礼の老婆を仄《ほの》かに照らしていた。
虎たち子供は、老婆の額の傷を手当てして看病していた。
老婆は、気を失って眠ったままだった。
虎たち子供は、倒れて額を打った巡礼の老婆を橋立の洞窟の小屋に運び、傷の手当てをしたのだ。

「さあ、虎、みんな。お婆さんは札所廻りの疲れが出て眠っているのだ……」

秩父忍びの螢が現れ、虎たち子供に告げた。

「螢さま……」

「だから心配はいらない。早く休みなさい」

螢は命じた。

「うん。じゃあ……」

虎たち子供は、小屋から出て行った。

螢は、眠り続ける老婆を見据えた。

老婆は、寝息を立てて眠り続けた。

螢は、眠る老婆を残して小屋から出て行った。

老婆は、寝息を立てたまま眼を明けて小さな笑みを浮かべた。

燭台の火は揺れた。


引き摺り出す手立てだ……。

甲賀忍び二之組頭の双竜は、やはり秩父忍びを館から引き摺り出すしかないと知った。

さあて、どうする……。

双竜は思案した。

弱味だ……。

秩父忍びの弱味を握り、館から引き摺り出すしかないのだ。

秩父忍びの弱味……。

双竜は、配下の甲賀忍びの者たちに秩父忍びの弱味を探せと命じた。

秩父忍びの館は、何事もなかったかのように静寂に覆われていた。

陽炎は、小平太、猿若、烏坊を大囲炉裏の間に呼んだ。

「護りに手落ちはないな……」

陽炎は尋ねた。

「はい。見廻り、確かめた限りは……」

小平太は報せた。

猿若と烏坊は頷いた。

「甲賀忍びは、館の中に踏み込んでの闘いは不利とみて、我らを館の外に誘《おび》き出そうとしている。外での闘いは、人数に勝る甲賀忍びの餌食になる迄。決して誘いに乗ってはならぬ……」

陽炎は、厳しく云い聞かせた。

「心得ております。ですが、心配なのは橋立の洞窟に隠れた螢たちです」

小平太は眉をひそめた。

「螢には、万が一、危なくなった時には、子供たちを連れて江戸の鉄砲洲波除稲荷裏の公事宿巴屋の寮に行けと命じてある」

陽炎は告げた。

「左近さまですか……」

猿若は、笑みを浮かべた。

「うむ。左近なら螢と子供たちを護ってくれよう」

「陽炎さま、此の事、左近さまはご存知なんですかね」

烏坊は眉をひそめた。

「分からぬ……」

陽炎は、首を横に振った。

「猿若、烏坊、左近さまをあてにしてはならぬ。我らだけで甲賀忍びを叩き、追い返すのだ」

小平太は、厳しく告げた。

「うん。良く分かっている……」

猿若と烏坊は頷いた。

「小平太、猿若、烏坊、お前たちの働き、左近が知れば、誉めてくれるであろう」

陽炎は微笑んだ。

「だったら嬉しいな……」

烏坊は喜んだ。

「うん……」

猿若は頷いた。

「よし。ならば持ち場に行け……」

陽炎は命じた。

小平太、猿若、烏坊は、各々の持ち場に戻って行った。

陽炎は、大囲炉裏で燃える炎を見詰めた。

左近……。

陽炎は、燃える炎の中に左近の顔を思い浮かべた。

左近がいれば……。

だが、左近はいないのだ。

陽炎は、燃える炎に浮かんだ左近の顔を振り払った。

左近がいなくても、秩父忍びは必ず護ってみせる……。

陽炎は、決意を新たにした。


巡礼の老婆は、螢の用意してくれた精を付ける薬湯を飲み干した。

「本当にお世話になりました。お陰さまで残る札所も廻れるでしょう」

老婆は、螢や虎たち子供に深々と頭を下げた。そして、笈摺を背負い、菅笠を被り、草鞋《わらじ》を履いて立ち上がった。

「では、此《これ》で。ありがとうございました」

「婆さん、此を持って行きな」

虎は、新しく作った竹の杖を差し出した。

「ありがとう……」

老婆は、新しい竹の杖を押し戴《いただ》き、ゆっくりと歩き出した。

「さよなら……」

「達者でね」

虎たち子供は見送った。

老婆は、真新しい竹の杖をついて橋立の洞窟の傍の小屋から立ち去って行った。

螢と虎たち子供は見送った。

塗笠を目深《まぶか》に被った旅の侍が現れ、巡礼の老婆を追った。


江戸の大川《おおかわ》から深川小名木川《ふかがわおなぎがわ》に入り、東に進むと常陸国土浦藩江戸下屋敷はあった。

甲賀忍びの総帥甲賀夢幻は、土浦藩江戸下屋敷に現れた。

土浦藩江戸下屋敷では、総目付の小笠原主水が待っていた。

「して、小笠原どの、用とは……」

夢幻は、小笠原主水を見詰めた。

「夢幻どの、大名家の間に噂が流れているそうだ……」

「噂、どのような……」

「御三家水戸《みと》藩の隠居が近頃、相州五郎正宗を手に入れたとの噂だ」

「水戸藩の隠居……」

水戸藩の隠居とは、七代藩主治紀《はるとし》の叔父宗斉《むねなり》の事だ。

宗斉は、藩主の叔父として水戸藩内に隠然たる力を持っていた。

「うむ。水戸藩の隠居が手に入れた相州五郎正宗が、我が藩から奪われた物かどうかは分からぬが……」

小笠原は、微かな困惑を滲ませた。

相州五郎正宗の打った銘刀は、一振りだけではなく幾振りかある。

水戸藩の隠居が手に入れた相州五郎正宗が、土浦藩の御刀蔵から秩父忍びによって盗み出された物とは限らないのだ。

「見定める必要があるな……」

夢幻は眉をひそめた。

「うむ。だが、相手は隠居とはいえ、御三家水戸藩の隠居、水戸宗斉だ。迂闊《うかつ》な真似は出来ぬ」

小笠原は、その顔を苦しげに歪めた。

「分かった。その噂、我ら甲賀が探ってみよう」

夢幻は、不敵な笑みを浮かべた。

「頼む。して、秩父忍びは如何《いかが》なっている」

「今、甲賀二之組の双竜が攻め、秩父忍びの頭を捕らえ、依頼主が誰か訊き出そうとしているのだが、秩父忍びも存亡を懸けて抗《あらが》っているようだ。だが、刻は掛かるまい」

夢幻は、冷笑を浮かべた。


甲賀忍び二之組頭の双竜は、無住の荒れ寺を根城にしていた。

双竜の許《もと》には、秩父忍びについての様々な情報が集まった。

情報の中には、秩父忍びの館では孤児や棄《す》て子《ご》たちが育てられているというものがあった。

「孤児や棄て子……」

双竜は眉をひそめた。

「はい。里の者の話では、男と女、七、八人はいるそうです」

聞き込んで来た甲賀忍びは報せた。

「そうか……」

だが、秩父忍びの館を攻めた限り、子供がいる様子も気配も窺えなかった。

館に子供はいなかった筈だ。

となると……。

双竜は読んだ。

秩父忍びは、闘いに備えて子供たちを何処かに避難させているのだ。

双竜は睨んだ。

子供たちは、秩父忍びの弱味になるかもしれない。

「お頭……」

配下の甲賀忍びの者が入って来た。

「何だ……」

「くノ一のおときが逢いたいと……」

「通せ……」

双竜は命じた。

「はい……」

配下の甲賀忍びの者が退がり、巡礼の老婆が入って来た。

甲賀忍びくノ一のおときだった。

「何だ。おとき……」

「お頭、秩父忍びと拘わりのある子たちがいた」

おときと呼ばれた巡礼の老婆は笑った。

「秩父忍びと拘わりのある子たち……」

「ああ……」

「何人だ」

「男と女、合わせて七人。螢という名の若いくノ一と一緒だ」

先に報された情報と重なる。

「何処にいる」

「橋立の洞窟の傍の小屋に……」

「橋立の洞窟か……」

秩父忍びの館のある影ノ森から遠くはなく、隠れるには丁度良い処にある。

秩父忍びが育てている子たちに違いない。

「うむ。押さえれば、秩父忍びは手も足も出せぬかもな……」

おときは、冷酷な笑みを浮かべた。

「流石《さすが》はくノ一おとき婆さんだ……」

双竜は苦笑した。

四

甲賀忍び二之組頭の双竜は、くノ一おときを始めとした配下の忍びの者たちを従えて橋立の洞窟に急いだ。

橋立の洞窟の傍の小屋には、二十歳程の女と男女七人の子供が暮らしていた。

双竜とおときたち甲賀忍びは、木陰から小屋に出入りする螢や虎たち子供を見守った。

「あの娘、身のこなしから見て、くノ一に間違いあるまい……」

おときは、まるで女郎《じょろう》屋の遣り手《やて》のような眼で双竜に笑い掛けた。

「うむ……」

双竜は苦笑した。

くノ一おときの睨み通り、橋立の洞窟の傍の小屋にいる若いくノ一と子供たちは、秩父忍びと拘わりのある者に相違ない。

双竜は睨んだ。

若いくノ一と子供たちを捕らえ、秩父忍びの前に引き据え、命を助けたければ出て来いと命じる。

館に籠《こ》もっている秩父忍びの者たちは、狼狽えて外に出て来るか、それとも非情に見棄てるか……。

只《ただ》の忍びの者なら見棄てる筈だ。だが、秩父忍びの者は、見棄てずに館から出て来る。

双竜は、何故かそう思った。

「よし。おとき、秩父忍びの館に行き、秩父忍びの者共に橋立の女子供を捕らえた。命を助けたければ、橋立の洞窟に来いと伝えろ」

双竜は命じた。

「心得た……」

おときは、楽しそうな笑みを浮かべて頷き、秩父忍びの館に走った。

影ノ森の秩父忍びの館から橋立の洞窟迄は遠くない。

秩父忍びの者たちは、秩父忍びの館の抜け道を使って外に出て橋立の洞窟に来る筈だ。

漸く館から引き摺り出せる……。

双竜は、橋立の洞窟の周囲に甲賀忍びの者を配して待ち構えた。

秩父忍びの館は、甲賀忍びの者たちに包囲されていた。
陽炎は、館の正面の屋根裏の隠し窓から甲賀忍びの者の動きを見張っていた。
巡礼姿の老婆が一人、館の前に進み出て来た。
何者だ……。
陽炎は、隠し窓から見守った。
老婆は、館の前で立ち止まり、陽炎の潜む屋根裏の隠し窓を見上げて笑い掛けた。
甲賀忍びか……。
陽炎は、不気味な笑みを浮かべる老婆を甲賀忍びか見定めようとした。
「秩父忍びの衆……」
老婆は呼び掛けた。
甲賀忍びのくノ一……。
陽炎は見定め、弩を構えた。
「橋立の螢と子供たちは我らが押さえた」
老婆は告げた。

橋立の洞窟に隠れた螢と虎たち子供は、甲賀忍びに捕らえられた。

陽炎は、衝撃に突き上げられた。

「螢と子供たちの命を助けたければ、橋立の洞窟に来るのだ。来なければ螢と子供たちを一人ずつ殺す」

老婆は、残忍な笑みを浮かべた。

「良いな。橋立の洞窟に来なければ、螢と子供たちを殺す」

老婆は念を押し、隠し窓の陽炎に不気味な笑みを投げ掛けて踵《きびす》を返した。

おのれ……。

陽炎は、弩を握り締めて隠し窓の傍に立ち尽くした。


大囲炉裏の火は激しく揺れた。

陽炎は小平太、猿若、烏坊を大囲炉裏の間に呼び、螢と子供たちが甲賀忍びに押さえられた事を告げた。

「螢と虎たちが……」

猿若と烏坊は驚き、狼狽えた。

「で、甲賀忍びは螢たちを捕らえて何と……」

小平太は尋ねた。

「橋立の洞窟に来いと。来なければ、螢と子供たちを一人ずつ殺すと云って来た」

陽炎は、悔しげに告げた。

「甲賀忍び、我らを館から引き摺り出す魂胆《こんたん》か……」

小平太は、甲賀忍びの企てを読んだ。

「うむ。相違あるまい……」

陽炎は頷いた。

「して。どうします」

小平太は、陽炎の出方を窺った。

「螢と子供たち、見棄てられるか……」

陽炎は告げた。

「ならば……」

「私一人で橋立の洞窟に行く。小平太、猿若、烏坊は此のまま館を護るのだ」

陽炎は命じた。

「陽炎さま、俺も行く……」

猿若は叫んだ。

「俺も一緒に行きます」

烏坊は続いた。

「猿若、烏坊、甲賀忍びは我らを雇い、土浦藩の御刀蔵から相州五郎正宗を奪い取らせたのが何者か知りたいだけだ。そいつと引替えに螢と子供たちを助ける」

「雇主《やといぬし》を売りますか……」

小平太は眉をひそめた。

「小平太……」

「雇主を売れば、秩父忍びは秘密を守れぬ忍びとなり、最早《もはや》、再興は叶《かな》いません。それでも良いのですね」

小平太は、厳しい面持ちで念を押した。

「螢や虎たち子供の命には代えられぬ……」

陽炎は、苦しげに告げた。

「分かりました。ならば陽炎さま、みんなで参りましょう」

小平太は、思わぬ事を云い放った。

「小平太……」

陽炎は戸惑った。

「今迄、みんなで一緒にやって来たんです。此からもみんな一緒です」

小平太は笑った。

「小平太……」

「そうだ。そいつが俺たち秩父忍びだ」

烏坊は笑った。

「うん……」

猿若は大きく頷いた。

「みんな……」

陽炎は微笑《ほほえ》んだ。


「よし。女子供を捕らえろ……」

甲賀忍び二之組頭の双竜は、くノ一おときの報告を聞き、螢と子供たちを押さえようと五人の配下を橋立の洞窟の傍の小屋に向かわせた。

五人の甲賀忍びは走った。

小鳥の囀りが消えた。

「妙だ……」

螢は、異変を感じて虎たち七人の子供たちを集めた。

だが、既に橋立の洞窟の傍の小屋には、甲賀忍びの者たちが迫っていた。

螢は気が付いた。

「虎、お前は此処でみんなを護れ」

螢は、手裏剣などの忍びの武器を取り、小太刀《こだち》を後ろ腰に差した。

「螢さまは……」

虎は、緊張に声を震わせた。

「私は打って出て、甲賀忍びを斃す」

螢は覚悟を決めた。

「でも、相手は大勢だよ」

虎は、泣き出しそうな顔で心配した。

「案ずるな。虎、みんなを頼む……」

螢は、虎たち子供を残して小屋を出た。

「螢さま……」

子供たちは涙を啜《すす》った。


螢は、小屋の外に出た。

甲賀忍びの者たちが現れた。

螢は身構えた。

「秩父忍びの螢だな……」

甲賀忍びは、螢を見据えた。

「何用だ……」

「子供と一緒におとなしく来て貰おう」

甲賀忍びの者は、螢に手を伸ばした。

螢は、甲賀忍びの伸ばした手を振り払った。

「おのれ。下手に出れば……」

甲賀忍びの者たちは、忍び刀を抜き放った。

螢は跳び退き、後ろ腰の小太刀を抜き放った。

「手傷を負わせても殺すな。殺すのは館の者共の眼の前でだ……」

甲賀忍びの者たちは、螢を取り囲んだ。

螢は、厳しい面持ちで小太刀を構えた。
「殺すなよ……」
甲賀忍びの者たちは、冷笑を浮かべて螢に迫った。
螢は後退りした。
甲賀忍びの一人が忍び刀を翳《かざ》し、螢に跳び掛かった。
螢は、後ろ腰の小太刀を一閃した。
刃が咬《か》み合い、火花が散った。
螢は、跳び退きながら手裏剣を放った。
甲賀忍びは、肩に手裏剣を受けて斃れた。
螢は、小太刀を構えた。
甲賀忍びの者は、猛然と斬り掛かった。
螢は、小太刀で斬り結んだ。
甲賀忍びの者と螢は、激しく斬り結んだ。
螢の小太刀が飛ばされた。
甲賀忍びの者は、嘲りを浮かべた。
螢は後退りした。

甲賀忍びの者が、後退りする螢に跳び掛かった。
刹那、手裏剣が飛来して螢に跳び掛かった甲賀忍びの者の胸に突き刺さった。
甲賀忍びの者は、宙に張り付けられたように止まり、地面に落ちて絶命した。
螢は驚いた。
恐るべき手裏剣だ。
残る甲賀忍びの者は、素早く物陰に散って周囲を窺った。
「螢、小屋に走れ……」
男の聞き覚えのある声がした。
螢は、小屋に向かって走った。
甲賀忍びの者たちが追い掛けた。
手裏剣が飛来し、二人目の甲賀忍びが斃れた。
「此で二人。残るは三人か……」
男の嘲りを含んだ声がした。
「誰だ。何者だ……」
甲賀忍びの者たちは狼狽えた。
次の瞬間、塗笠を目深に被った軽衫袴《かるさんばかま》の侍が、木の上から跳び下りて来て刀を真っ向から斬り下げた。
甲賀忍びの者の一人が額から顔を断ち斬られ、仰向けに斃れた。
恐るべき一刀だった。
残る二人の甲賀忍びの者は、逃げようと身を翻した。
塗笠を被った侍は地を蹴り、逃げる二人の甲賀忍びの者に跳び掛かった。
閃光が走った。
甲賀忍びの者の一人は首から血を振り撒き、前のめりに斃れた。
残るは一人……。
塗笠を被った侍は、斬り棄てた甲賀忍びの者の忍び刀を奪って投げた。
忍び刀は、逃げる甲賀忍び者の背を貫いた。
甲賀忍びの者は斃れた。
塗笠を被った侍は、甲賀忍びの者の死を見定めた。
「あの……」
螢が、塗笠を被った侍の背後に現れた。
「久し振りだな、螢……」
塗笠を被った侍は、振り返った。

「えっ……」

螢は、戸惑いを浮かべた。

「俺だ……」

侍は、塗笠を取って顔を見せた。

日暮左近だった。

「やっぱり、左近さま……」

螢は、嬉しさに顔を輝かせた。

「うむ……」

左近は微笑んだ。


陽炎、小平太、猿若、烏坊は、秩父忍びの館の抜け道を使って地蔵堂の裏手に出た。

地蔵堂から橋立の洞窟は近い。

陽炎、小平太、猿若、烏坊は、雑木林の中を橋立の洞窟に向かった。

おそらく、甲賀忍びの者共は螢と虎たち子供を捕らえ、待ち構えているのだ。

たとえ此の身が滅んでも、螢と虎たち子供を助けなければならない……。

陽炎は覚悟を決めていた。

雑木林には、甲賀忍びの気配が微かに漂い始めた。

甲賀忍びは、陽炎たちが来たのに気が付いて攻撃の仕度を整えているのだ。

陽炎は読み、忍び刀の柄を握り締めた。


「来たか……」

甲賀忍び二之組頭の双竜は、秩父忍びの者が来たとの報せに頷いた。

橋立の洞窟の女子供は、既に配下の甲賀忍びの者共が押さえた筈だ。

後は、引き摺り出した僅かな人数の秩父忍びを皆殺しにする迄だ。

「よし。おとき、女子供を連れて来い……」

「心得た……」

おときは立ち去った。

双竜は、やって来る秩父忍びを迎え討つために立ち上がった。


橋立の洞窟は静寂に満ちていた。

やって来たおときは、橋立の洞窟の傍の小屋の中に入った。

小屋の中には誰もいなかった。

「皆、何処だ……」

おときは、怪訝な面持ちで奥を覗いた。

左近が、おときの背後に現れた。

おときは振り返った。

左近は、おときの鳩尾《みぞおち》に拳《こぶし》を叩き込んだ。

おときは、眼を瞠って崩れ落ちた。

陽炎、小平太、猿若、烏坊は、橋立の洞窟の前にやって来た。

橋立の洞窟の傍の小屋に、甲賀忍びの者たちが現れた。

陽炎、小平太、猿若、烏坊は立ち止まった。

甲賀忍びの者たちの前に、甲賀忍び二之組頭の双竜が現れた。

「秩父忍びか……」

双竜は、嘲りを浮かべた。

「如何《いか》にも。螢と子供たちを返して貰おう」

陽炎は告げた。

「秩父忍び、女の頭と三人か……」

双竜は、侮りを浮かべた。

「螢と子供たちをさっさと返せ……」

陽炎は怒鳴り、小平太、猿若、烏坊は身構えた。

双竜は片手を上げた。

甲賀忍びの者たちが現れ、陽炎、小平太、猿若、烏坊を取り囲んだ。

「秩父忍び、最早此迄《これまで》。誰に命じられて土浦藩の御刀蔵を破り、相州五郎正宗を奪ったか吐いて貰おう。さもなければ……」

双竜は、洞窟の傍の小屋を見た。

小屋の戸が開き、甲賀忍びの者が螢を連れて出て来た。

「此の娘を殺す……」

双竜は、嘲笑を浮かべた。

「螢……」

陽炎、小平太、猿若、烏坊は怯んだ。

甲賀忍びの者たちは、包囲の輪を縮めた。

螢を連れて出て来た甲賀忍びの者は、双竜に近付いた。
「どうした……」
双竜は、戸惑いを浮かべた。
甲賀忍びの者は、双竜に笑い掛けた。
刹那、双竜は跳び退いた。
甲賀忍びの者は、双竜を追って跳んだ。
「あっ……」
陽炎は驚いた。
小平太、猿若、烏坊、そして取り囲んだ甲賀忍びの者たちは戸惑った。
次の瞬間、甲賀忍びの者は双竜に跳び掛かった。
双竜は、咄嗟に手鉾《てぼこ》を一閃した。
甲賀忍びの者は、跳んで手鉾を躱した。
「何者だ……」
双竜は、手鉾を構えて甲賀忍びの者を睨み付けた。
甲賀忍びの者は覆面を投げ棄てて、その顔を露《あら》わにした。
左近だった。

「日暮左近……」

左近は名乗り、双竜を冷ややかに見据えた。

「陽炎さま、みんな。左近さまです」

螢は叫んだ。

「陽炎、みんな、螢と子供たちは無事だ。遠慮は無用……」

左近は、笑顔で告げた。

小平太、猿若、烏坊は、取り囲んだ甲賀忍びの者たちに手裏剣を投げ、猛然と斬り掛かった。

左近……。

陽炎は、現れた左近に驚き、何故か涙を滲ませた。

よし……。

陽炎は、滲《む》む涙を拭《ぬぐ》って猛然と甲賀忍びの者に襲い掛かった。

左近は、無明刀《みようとう》を閃かせて双竜の手鉾と鋭く斬り結んだ。

双竜は、手鉾を巧みに操って刃風を鳴らした。

「おのれが甲賀忍び二之組頭の双竜か……」

左近は、斬り結びながら笑い掛けた。

おのれ……。
双竜は、侮られ見下された思いに駆り立てられ、猛然と手鉾を唸《うな》らせた。
左近は苦笑し、大きく跳び退いた。そして、無明刀を頭上高く真っ直ぐに構えた。
全身が隙だらけになる天衣無縫《てんいむほう》の構えだ。
おのれ……。
双竜は、手鉾を構えて猛然と左近に走った。
左近は動かなかった。
双竜は、手鉾を振るった。
剣は瞬速……。
無明斬刃《ざんじん》……。
左近は、無明刀を真っ向から斬り下げた。
閃光が交錯《こうさく》した。
双竜は、額を斬り下げられて前のめりに斃れた。
左近は、闘う陽炎、小平太、猿若、烏坊を見た。
陽炎、小平太、猿若、烏坊は、傷付きながらも助け合い、必死に甲賀忍びと斬り合っていた。

左近は、無明刀を一振りした。

無明刀の鋒《きつさき》から血の雫《しずく》が飛んだ。

左近は、無明刀を握り直して斬り合いに向かった。

第二話　甲賀忍び

一

双竜は左近に斃され、甲賀忍び二之組は壊滅した。

秩父忍びの館は、いつもの穏やかさを取り戻した。

大囲炉裏の火は燃え上がった。

日暮左近は、大囲炉裏の間の板壁に寄り掛かり、傷の手当てをする小平太、猿若、烏坊、螢たちを見守った。

「左近……」

陽炎は、左近の傍に座った。

「俺もああして傷の手当てをしたものだ……」

左近は、小さく笑った。

「良く来てくれた。助かった。礼を云う……」

陽炎は、左近に頭を下げた。

「小平太、猿若、烏坊、螢。一人前の忍びの者になったな……」

「左近……」

「陽炎、良くやったな」

「誉めてくれるのか……」

「そいつが、小平太、猿若、烏坊、螢にとって良かったのかどうか……」

左近は、大囲炉裏に燃える炎を見詰めた。

燃える炎は、蒼白く揺れている。

忍びの者ではなく、他の生業《なりわい》で生きた方が幸せだったかもしれない。

左近の横顔に淋しさが過《よ》ぎった。

「左近……」

陽炎は、左近に過ぎった淋しさの意味を読んだ。

「陽炎。甲賀忍びは、二之組の双竜だけではない。未《ま》だ未だ襲って来るだろう。

秩父忍びを雇い、土浦藩の御刀蔵を破って相州五郎正宗を奪えと命じた者が何処の誰か、訊《き》き出す迄はな……」

左近は、話を変えた。

「うむ……」

「秩父忍びを雇ったのは、何処の誰だ……」

左近は、陽炎を見据えた。

「それは……」

陽炎は、云い澱《よど》んだ。

「云えぬか……」

「左近……」

陽炎は、困惑を浮かべた。

「云えば、秩父忍びは雇主の秘密を売る事になる。それが世間に知れれば、秩父忍びは忍びに非《あら》ず、雇う者は二度と現れぬ。忍びの者とすれば、出来ぬ相談か……」

左近は苦笑した。

「左近、我ら秩父忍びを雇い、土浦藩の御刀蔵を破って相州五郎正宗を奪えと命じたのは、御三家水戸藩御側衆《おそばしゅう》の加納行部《かのうぎょうぶ》だ」

陽炎は、左近を見据えた。

「水戸藩御側衆の加納行部……」

左近は、秩父忍びに土浦藩の相州五郎正宗を奪い取らせた者が、水戸藩御側衆の加納行部だと知った。

「左様《さよう》。加納行部は御側衆でも御隠居さま付きだ」

陽炎は告げた。

「御隠居さまだと……」

左近は、水戸藩の御隠居が誰か知らなかった。

「うむ。藩主治紀さまの叔父上宗斉さまと聞いている」

「藩主の叔父の宗斉……」

左近は、水戸藩の隠居が誰か知った。

「加納行部、その隠居宗斉の御側衆か……」

「左様。私たちはその加納行部に百両で雇われ、土浦藩の御刀蔵を破り、相州五郎正宗を奪った」

「奪った相州五郎正宗は、加納行部に渡したのか……」

「うむ……」

陽炎は頷いた。

「そして、陽炎たちは秩父に退きあげ、土浦藩は甲賀忍びを雇った……」

左近は眉をひそめた。

「そして甲賀忍びは、我ら秩父忍びの仕業と気が付いた……」

陽炎は、吐息を洩《も》らした。

「うむ……」

「だが何故だ。何故、甲賀忍びは我ら秩父忍びの仕業と気が付いたのだ」

陽炎は、微《かす》かな焦りを滲ませた。

「陽炎、土浦藩の御刀蔵を破り、相州五郎正宗を奪ったのは秩父忍びかもしれぬという噂は、俺の耳にも入る程だ……」

左近は苦笑した。

「だが……」

「陽炎、忍びの世は狭いものだと心得ろ」

左近は、厳しさを滲ませた。

「うむ……」

左近は、大囲炉裏に薪《まき》を焼《く》べた。

火の粉が飛び散った。

「して、此《これ》からどうする……」

左近は、陽炎に出方を尋ねた。

「甲賀忍びの出方次第だ……」

陽炎は告げた。

傷の手当ての終わった小平太、猿若、烏坊、螢たちも大囲炉裏を囲んだ。

「甲賀忍びの頭領は、双竜の死と甲賀二之組壊滅を知り、黙ってはいまい。新手の甲賀忍びを送り込み、何としてでも秩父忍びに土浦藩の相州五郎正宗を奪えと命じた者を突き止めようとする筈《はず》だ」

左近は読んだ。

「甲賀の攻撃は続くか……」

陽炎は眉をひそめた。

「甲賀の新手が来たら、また闘って追い返す迄だ」

猿若は意気込んだ。

「猿若、甲賀忍びの新手は、おそらく一之組、二之組以上の筈だ」

左近は告げた。

「負けますか……」

猿若は肩を落とした。

「でも、雇主の事を教えて助かっても……」

烏坊は哀しげに告げた。

「秩父忍びは終わる……」

小平太は読んだ。

「どっちにしても終わるなら、闘って終わりになった方が良い……」

螢は呟《つぶや》いた。

「俺もそう思う……」

「俺もだ……」

猿若と烏坊は頷いた。

「陽炎さま、どうやら皆の腹の内が決まっているようです」

小平太は、陽炎を見据えた。

「小平太、猿若、烏坊、螢。秩父忍びの館を棄て、消えるという手もある……」

陽炎は告げた。

「陽炎さま。そんな事は、皆知っています」

小平太は、怒ったように告げた。

「みんな……」

「俺たちは秩父忍びです」

小平太は云い放った。

猿若、烏坊、螢は、陽炎を見詰めて頷いた。

「そうか、秩父忍びか……」

陽炎は涙を浮かべた。

大囲炉裏に燃える火は、陽炎の頬《ほお》を伝う涙を光らせた。

「よし。ならば、俺も闘おう……」

左近は微笑んだ。

「左近……」

陽炎は、戸惑いを浮かべた。

「左近さま……」

小平太、猿若、烏坊、螢は、左近を見詰めた。

「甲賀忍び二之組頭双竜たちが斃された事は、既に江戸の甲賀の者共も知った筈
……」

左近は、甲賀忍びの動きを読み始めた。

大囲炉裏に焼べられた薪が爆《は》ぜ、火の粉が音を立てて飛び散った。

炎は躍った。


「なに、双竜が斃され、二之組が敗れ去っただと……」

甲賀忍びの総帥甲賀夢幻は、その顔に驚きを滲ませた。

「はい。只今、秩父から報《しら》せが届きました」

側役の佐助は告げた。

「佐助、報せに間違いないのか……」

夢幻は念を押した。

「はい。くノ一おときからの報せ、間違いございません」

「そうか。一之組の佐平次に続き、二之組双竜も斃されたか……」

「はい……」

「秩父忍び、それ程の手練《てだ》れがいるとは、聞いておらぬが……」

「手前もそう聞いております。秩父忍び、他の忍びから手練れを招いたのかもしれませぬ」

夢幻と佐助は、秩父のはぐれ忍びの日暮左近の存在を知らなかった。

「うむ。何《いず》れにしろ、此のままでは甲賀忍びは、滅び掛けている秩父忍びに叩きのめされたと、忍びの間の笑い者だ。佐助、三之組の頭の隻竜《せきりゅう》を呼べ……」

夢幻は、厳しい面持《おもも》ちで命じた。


荒川の流れは、激しい勢いで岩場を下って行く。

袖無し羽織を着た武士は荒川の急流沿いの岩場に立って、被っていた編笠《あみがさ》を取った。

編笠の下からは、左の眼を刀の鍔《つば》で隠した男の顔が現れた。

左眼を刀の鍔で隠した武士は、荒川の急流を眺めた。

荒川の急流は岩場に砕け、水飛沫《みずしぶき》を煌《きら》めかせていた。

「隻竜さま……」

火縄銃を手にした猟師が、岩場を身軽に跳んで来た。

左の眼を刀の鍔で隠した武士は、甲賀忍び三之組頭の隻竜だった。

「どうだ……」

隻竜は、秩父忍びの館を中心に描かれた絵図を岩の上に広げた。

「はい。秩父忍び、此の館を中心にした影ノ森一帯に結界を張り、護りを固くしています」

猟師に扮《ふん》した甲賀忍びの者は、地図に描かれた秩父忍びの館を中心にした一帯を示した。

「そうか。何れにしろ、秩父忍びは僅《わず》かな人数、張り巡らした結界を護るだけでも手一杯の筈。何れは破れる。だが、それを待っている暇はない」

隻竜は、微かな嘲《あざけ》りを浮かべた。

「ならば……」

「うむ。甲賀忍び三之組の者共に秩父忍びの館を包囲させろ」

隻竜は命じた。

「はっ……」

「そして、秩父忍びの結界を破って館に一気に押し込み、秩父忍びの頭を捕らえ、土浦藩の相州五郎正宗を奪えと命じた者を吐かせる」

隻竜は云い放った。

秩父忍びの館の裏の雑木林には、小鳥の囀《さえず》りが飛び交っていた。

雑木林の太い木の幹には、注連縄《しめなわ》が巻かれていた。
秩父忍びの結界だった。
甲賀忍びの者たちは、秩父忍びの結界に音もなく忍び寄った。
小鳥の囀りが消え、微風が梢《こずえ》の葉を微かに鳴らした。
甲賀忍びの者たちは、秩父忍びの結界を破って茂みに踏み込んだ。
刹那《せつな》、先頭にいた甲賀忍びの者が短い声をあげて蹲《うずくま》った。
竹で作られた車菱《くるまびし》が、草鞋《わらじ》越しに足の裏に突き刺さっていた。
甲賀忍びの者たちは、茂み一帯に撒《ま》かれた車菱の餌食《えじき》になり、次々に蹲った。
「忍びに侮りは禁物……」
雑木林に左近の声が響いた。
甲賀忍びの者たちは、車菱に傷付いた足を庇《かば》い、必死に立ち上がって身構えた。
次の瞬間、木陰から現れた左近が手裏剣を放った。
甲賀忍びの者は、額に手裏剣を受けて斃れた。
甲賀忍びの者たちは、手裏剣を投げて必死に左近に立ち向かった。
左近に容赦はなかった。
木陰から現れては放つ手裏剣は、動きの封じられた甲賀忍びの者たちの額に突き刺さり、的確に斃した。
車菱を辛うじて躱《かわ》した甲賀忍びの者は、身を翻して結界の外に逃げようとした。
左近は、地を蹴って車菱の上を大きく跳んで結界を出て追った。
甲賀忍びの者たちは、追って来た左近に斬り掛かった。
左近は、無明刀を抜き打ちに放った。
甲賀忍びの者は、横薙《な》ぎに斬られて斃れた。
残る甲賀忍びの者たちが、忍び刀を構えて左近に殺到した。
左近は、無明刀を縦横に振るった。
閃光が走り、交錯《こうさく》した。
草が千切《ちぎ》れ、血が飛んだ。
甲賀忍びの者たちは、血を飛ばして次々に斃れた。
左近は、一人残った甲賀忍びの者に無明刀を突き付けた。
「甲賀忍びの新手は何者だ……」
「こ、甲賀忍び三之組頭の隻竜……」
一人残った甲賀忍びの者は、嗄《しやが》れ声を引き攣《つ》らせた。
「隻竜……」

左近は眉をひそめた。

「ああ……」

甲賀忍びの者は頷き、苦無《くない》で左近に突き掛かった。

左近は、無明刀を無雑作《むぞうさ》に一閃した。

甲賀忍びの者は、血を流して崩れた。

雑木林に静寂が湧いた。

左近は、無明刀を提《さ》げて雑木林を窺《うかが》った。

無明刀の鋒《きつさき》から血が滴《したた》り落ちた。

殺気はない……。

左近は見定めた。

「甲賀忍びの隻竜か……」

左近は、不敵な笑みを浮かべた。

小鳥の囀りが飛び交い始めた。

秩父忍びの館の裏の結界を破り、正面の護りが動揺して手薄になった時、一気に踏み込む……。

甲賀忍び三之組頭の隻竜は、秩父忍びの館の正面の林に潜み、裏の結界を破ったという報せを待った。

だが、報せはなかなか届かなかった。

おのれ、何をしている……。

隻竜は、苛立ちを覚えた。

「忍びに苛立ちは禁物……」

左近の声が響いた。

隻竜は身構えた。

左近が木立の陰から現れた。

「裏の結界を破ろうとした甲賀忍びの者共は、皆始末した。三之組頭の隻竜……」

左近は、隻竜に笑い掛けた。

「おのれ、秩父忍びの者か……」

隻竜は、左近に対峙《たいじ》した。

「違う……」

「ならば何者だ……」

「秩父のはぐれ忍び……」

左近は、不敵な笑みを浮かべた。

「秩父のはぐれ忍びだと……」

「ああ。甲賀忍びを秩父から追い払い、江戸に潜む甲賀夢幻を斬り棄てる」

左近は、隻竜を冷たく見据えた。

「おのれ……」

隻竜は、大きく跳び退いた。

配下の甲賀忍びの者たちは、左近に向かって一斉に手裏剣を投げた。

左近は、地を蹴って空高く跳んだ。

甲賀忍びの者たちは、跳んだ左近を見上げて手裏剣を投げようとした。

弩《ど》の矢が次々に飛来し、甲賀忍びの者たちの胸を貫いて斃した。

甲賀忍びの者たちは怯んだ。

左近は着地し、怯んだ甲賀忍びの者たちに無明刀を閃かせた。

無明刀の閃きは、甲賀忍びの者たちに何もさせずに斃した。

指笛が短く鳴った。

甲賀忍びの者たちが跳び退き、分銅《ふんどう》が鎖を伸ばして飛んで来た。

左近は、咄嗟に跳んで躱した。

二つ目の分銅が、間断《かんだん》なく鎖を伸ばして飛来した。

左近は、素早く木陰に隠れた。

追って飛来した分銅は、左近の隠れた木の幹を抉《えぐ》った。

隻竜が両手に千鳥鉄《ちどりがね》を持ち、鎖の付いた分銅を廻しながら進み出た。

千鳥鉄とは、二尺程の鉄筒の中に鎖の付いた分銅を隠し、振り出して使う武器だ。そして、隻竜の千鳥鉄の鏢《こじり》からは両刃の穂先が飛び出した。

鎖付きの分銅で刀を封じ、鏢の両刃の穂先で刺し殺す。

隻竜は、両手に持った千鳥鉄の分銅を自在に廻して左近に迫った。

左近は、無明刀を構えた。

弩の矢が隻竜に飛来した。

隻竜は、千鳥鉄の分銅を操り、弩の矢を叩き落とした。

分銅の鎖が僅かに緩《ゆる》み、隻竜は微かに狼狽《うろた》えた。

今だ……。

左近は、地を蹴って無明刀を閃かせた。

分銅が弾き飛んだ。

隻竜は、大きく跳び退いた。

左近は、素早く手裏剣を放った。

手裏剣は、隻竜の左肩に突き刺さった。

隻竜は仰《の》け反《ぞ》った。

左近は、無明刀を右肩に軽く乗せて猛然と隻竜に走った。

「退け……」

配下の甲賀忍びの者たちは、左近に手裏剣を投げた。

左近は、無明刀で飛来した手裏剣を叩き落とし、躱した。

隻竜は退いた。

配下の甲賀忍びの者たちは続いた。

左近は立ち止まって無明刀を振り、刀身を濡らしている血を飛ばして鞘に納めた。

「左近さま……」

小平太と猿若が弩を手にして現れた。

「小平太、猿若、俺は隻竜共《ども》甲賀忍びを追う。陽炎と館を護れ」

左近は命じた。

「心得ました」

小平太と猿若は頷いた。

「ならば……」

左近は、隻竜たち甲賀忍びを追って雑木林の中に消えた。


久し振りだ……。

左近は雑木林の中を走り、秩父の大地と風と香りを全身で感じ取っていた。

子供の頃から感じていた感触……。

左近は走り、いつしか秩父に溶け込み、風となっていた。

二

武甲山は信仰の山だ。

その北の麓《ふもと》には無住の荒れ寺があり、境内の庭木は既に雑木林になっていた。

その雑木林や荒れ寺の周囲には、甲賀忍び三之組の結界が張られていた。

甲賀忍び三之組頭隻竜は、荒れ寺の座敷で日暮左近の放った手裏剣で傷付いた左肩の手当てをした。

傷は深かった。

「おのれ、秩父のはぐれ忍びが……」

隻竜は、怒りを滲ませた。

「隻竜さま、秩父忍びには恐ろしい程の遣い手の抜け忍《ぬにん》がいるという噂を聞いた覚えがあります……」

配下の忍びの者は、隻竜の傷の手当てをした薬や晒し布を片付けながら告げた。

「秩父のはぐれ忍び、その抜け忍だと云うのか……」

「はい。かもしれないと……」

配下の者は頷いた。

「名は何と申す……」

「定かではありませんが、確か日暮左近と……」

「日暮左近……」

隻竜は、片眼の眉をひそめた。

日暮左近は、無住の荒れ寺を覆うような雑木林を眺めた。

雑木林には甲賀忍びの結界が張られ、静けさに覆われていた。

左近は、結界の中に手裏剣を投げた。

殺気が一気に湧き、雑木林に満ち溢《あふ》れた。

左近は苦笑した。

隻竜は秩父忍びを侮り、手近な荒れ寺を安直に選び、根城《ねじろ》にしたのだ。

その侮りと安直さが命取り……。

左近は、荒れ寺の風上に廻り、雑木林に幾つかの煙玉を投げ込んだ。

煙玉から白い煙が噴き出し、風下の荒れ寺に流れ始めた。

結界を張っていた甲賀忍びの者たちは戸惑い、身構えた。

白い煙は、結界を張る甲賀忍びの者を覆って風下に流れた。


白い煙は、荒れ寺の中にも流れ込んだ。

「何だ……」

隻竜は眉をひそめた。

「お頭、何者かが結界を破り、忍び込んだ様子にございます」

配下の忍びの者が入って来た。

「日暮左近か……」

隻竜は、忍び刀を腰に差し、千鳥鉄を手にして座敷を出た。

白い煙は漂った。


隻竜は、白い煙の中を進んだ。

微かな殺気が飛び交い、血の臭いがした。

拙《まず》い……。

隻竜は、己の身に迫っている危機を察知し、白い煙の薄れ始めた風上に走った。

風上の白煙の薄れた雑木林には、甲賀忍びの者の死体があった。

日暮左近が忍び込み、流した白煙に乗じて甲賀忍びの者たちを斃している。

おのれ……。

秩父忍びの結界を護り、直ぐに甲賀忍びの結界を破ったのだ。

恐ろしい程に果断《かだん》な奴……。

隻竜は、怒りと恐れを交錯させた。

今は退くしかない……。

隻竜は、荒れ寺を棄てる事にした。

左近は、白い煙に紛れて荒れ寺に流れ込み、結界を張る甲賀忍びの者を斃した。

だが、白い煙は左近の身を隠したが、隻竜の身も隠したのだ。

白い煙は消えた。

左近は、隻竜が白い煙と共に消えたのを知った。

逃げられたか……。

左近は苦笑した。


左近は、秩父忍びの館に戻らなかった。

陽炎は、猿若と烏坊に左近の行方を追わせた。

一刻《いっとき》（二時間）が過ぎた頃、烏坊が秩父忍びの館に戻って来た。

「どうだった……」

「はい。武甲山の麓の荒れ寺に白い煙があがったと聞き、駆け付けると、甲賀忍びの者共の死体があり、左近さまと隻竜はおりませんでした。で、猿若が引き続き捜しております」

烏坊は報せた。

「おそらく隻竜が逃げ、左近は追ったのであろう」

陽炎は読んだ。

「きっと……」

烏坊は頷いた。

左近は隻竜を斃す迄、追跡するつもりなのだ。

陽炎は、左近の不敵さと果断さを懐かしく思い出した。


武甲山から正丸《しょうまる》峠を越え、飯能《はんのう》、高麗《こま》、入間《いるま》を抜けて江戸に向かう。

左近は、隻竜の痕跡を追跡し、江戸に戻る道筋を読んだ。

隻竜は、おそらく江戸の甲賀忍びの根城に戻り、秩父忍びの頭を押さえ、土浦藩の御刀蔵を破り、相州五郎正宗を奪うように命じた者の名を訊き出すのに失敗した事を報せる筈だ。

道筋の途中で隻竜を斃すか、それとも江戸の甲賀忍びの根城を突き止めるか……。

左近は迷った。

隻竜は、いつでも斃せる。

ならば、隻竜を泳がせ、甲賀忍びの江戸の根城を突き止めるべきなのだ。

甲賀忍びの根城を突き止め、秩父忍びから手を引かせる。

そいつが一番なのかもしれない……。

左近は、隻竜と甲賀忍びの者たちを追った。

隻竜と甲賀忍びは、左近の読み通りの道筋を通って江戸に向かっていた。

正丸峠を越え、吾野《あがの》に進んだ。

隻竜は、配下の甲賀忍びの者を放ち、追手の有無を確かめさせた。そして、肩の傷の手当てをした。

深い傷は容易に治らなかった。

おのれ……。

傷は治らなくても、闘えない事はない。

いざとなれば刺し違える迄……。

隻竜は、肩の傷の手当てをした。

左近は、大木の梢の繁みに己の気配を消し、肩の傷の手当てをする隻竜を見下ろしていた。

隻竜は、配下の甲賀忍びに背後を警戒させ、己の肩の傷の手当てを続けていた。

地の利は左近にある。

左近は、勝手知ったる秩父の野山を風となって走り、跳び、隻竜と甲賀忍びの者に追い付き、既に忍び寄っていた。

隻竜と甲賀忍びの者は、それに気付かず背後の警戒をしていた。

左近は、大木の梢に潜んで己の気配を消し続けた。

「隻竜……」

巡礼姿の甲賀忍びのくノ一おときが現れた。

「おとき婆か……」

「儂《わし》が来る迄に秩父忍びの者はいなかった」

おときは告げた。

「日暮左近もか……」

「うむ。見掛けなかった……」

おときは頷いた。

「間違いないな……」

隻竜は、おときを見据えた。

「ああ。心配するな……」

おときは苦笑した。

追手を警戒する者は、己の前の警戒が疎《おろそ》かになる。

おときは、左近に追い抜かされているとも気付かず、秩父忍びの追手を警戒しながら此処《ここ》迄やって来たのだ。

「そうか……」

「で、此のまま江戸においでになる総帥、夢幻さまの許《もと》に帰るつもりか……」

おときは眉をひそめた。


夢幻……。

左近は、江戸にいる甲賀忍びの総帥夢幻の名を知った。

甲賀忍びの総帥夢幻か……。

「ああ。厳しいお叱りは覚悟の上だ。何れにしろ、秩父のはぐれ忍び日暮左近なる者の事を詳しく総帥に報せ、刺し違えても左近を斃す覚悟だ」

隻竜は悔しげに告げた。

「刺し違えてもな……」

おときは小さく笑った。

「ああ……」

隻竜は頷いた。

「よし。隻竜の腹の内は、儂からも夢幻さまにそれとなくお伝えするか……」

おときは笑った。

「おとき婆……」

「隻竜、孤児だったお前を我が子のように育てたのだ。見棄てられるか……」

おときは笑った。


左近は、甲賀忍び二之組頭隻竜と甲賀忍びくノ一おときの深い拘《かか》わりを知った。


甲賀忍びの者たちが、隻竜の許に戻って来始めた。そして、秩父忍びの追手が来ない事を口々に告げた。

隻竜は頷き、配下の甲賀忍びの者たちを従えて江戸に向かって出立《しゅったつ》した。

おときは、隻竜たちと離れ、殿《しんがり》に付いて進んだ。

左近は、大木の梢から跳び下り、隻竜たち甲賀忍びの者たちを追った。

武甲山は遠ざかった。


「そうか、左近は隻竜たち甲賀忍びを追って行ったか……」

陽炎は眉をひそめた。

「はい。追い掛けようとしたのですが、甲賀忍びの警戒が厳しくて、追えませんでした」

猿若は、悔しげに告げた。

「うむ。それで良い……」

陽炎は頷いた。

左近は、隻竜たちを追って江戸に戻って行った。

僅かな間だが、左近は秩父忍びの為に戻って甲賀忍びと闘ってくれた。そして、今も秩父忍びの為に闘っているのだ。

左近……。

陽炎は、東の空を眺めた。

荒川は三峰《みつみね》から北に向かい、長瀞《ながとろ》から東に進み、熊谷《くまがや》辺りから南の江戸に流れている。

そして、荒川の支流が江戸に流れて隅田川《すみだがわ》になる。

隅田川は大川とも呼ばれ、江戸の町に滔々《とうとう》と流れていた。

大川は江戸湊《みなと》に流れ込み、架かっている新大橋《しんおおはし》は西の浜町《はまちよう》と東の深川を結んでいる。

その新大橋の東詰に小名木川は流れ、常陸国土浦藩江戸下屋敷はある。

「お待たせ致した。夢幻どの、何か分かりましたかな……」

土浦藩総目付の小笠原主水は、座敷で待っていた甲賀忍びの総帥夢幻と向かい合った。

「うむ。配下の調べによれば、向島《むこうじま》の水戸藩江戸下屋敷にいる隠居の宗斉、やはり最近、相州五郎正宗を手に入れたようだ」

夢幻は告げた。

「その相州五郎正宗、我が藩御刀蔵から秩父忍びが奪った物なのか……」

小笠原は眉をひそめた。

「さあて、我らは忍び。宗斉が手に入れた相州五郎正宗、土浦藩の御刀蔵から奪われた物なのかは勿論《もちろん》、刀が本物の相州五郎正宗かどうかも見定めるのは無理……」

夢幻は苦笑した。

「刀剣の目利きが必要だな……」

「うむ……」

夢幻は頷いた。

「我が藩御刀番を国許から急ぎ呼び寄せる」

小笠原は告げた。

「ならば、明日にでも水戸藩隠居が手に入れた相州五郎正宗を奪い取って来よう」

夢幻は薄笑いを浮かべ、事も無げに云い放った。

小石川白山《こいしかわはくさん》権現の前を北に進めば駒込《こまごめ》になり、連なる町の背後には緑の田畑が広がっていた。

緑の田畑の中には雑木林があり、土塀の廻された古寺があった。

古寺の山門には、『甲然寺《こうぜんじ》』と書かれた扁額《へんがく》が掲げられ、周囲を囲む雑木林には甲賀忍びの結界が張られていた。

甲賀忍び三之組頭の隻竜は、甲然寺の山門の前に立ち、編笠を上げて片眼を刀の鍔で隠した顔を見せた。

山門が開いた。

隻竜は、素早く山門に入った。

山門は閉まった。

左近は、山門に続く参道の入り口で見届けた。

甲賀忍びの根城……。

左近は、雑木林を窺った。

雑木林には、甲賀忍びの結界が張られ、忍び寄る者を厳しく警戒していた。

左近は、古寺の甲然寺が甲賀忍びの根城であり、総帥の夢幻がいると見定めた。

下手に忍び込めない……。

左近は、雑木林の周囲を廻り、結界の綻《ほころ》びを探す事にした。

甲賀忍びの総帥夢幻は、上段の間の床の間の奥から現れた。

隻竜は平伏した。

「甲賀三之組頭隻竜、秩父から戻りました」

控えていた側役の佐助が告げた。

「うむ。隻竜、秩父忍びを打ち破り、土浦藩から相州五郎正宗を奪えと命じた者が誰か突き止める役目、失敗したようだな」

夢幻は、隻竜を厳しく見据えた。

「はい。秩父忍び、地の利を得た護りをみせた上に、秩父のはぐれ忍び日暮左近なる手練れが現れ、無念にも役目は果たせぬまま恥を忍んで立ち帰りました」

「恥を忍んで帰った理由は……」

「秩父のはぐれ忍び日暮左近なる者の恐ろしさ、甲賀忍びに確《しか》と伝え、刺し違えようとの覚悟からにございます」

隻竜は、平伏したまま声を震わせた。

「日暮左近なる者、それ程に恐ろしき手練れなのか……」

「はい。秩父の地の利を活かし、風となって攻撃する……」

「それ故、秩父から出たか……」

「はい。日暮左近、必ず追って来ると睨み……」

「秩父より江戸で闘うか……」

「はい。夢幻さま、此の隻竜、左近から受けた肩の傷を治し、今一度闘い、刺し違えてでも斃す覚悟にございます」

「刺し違えてでも斃すか……」

隻竜は、顔をあげて片眼で夢幻を見詰めた。

夢幻は、鋭く見返した。

「必ず……」

隻竜は、夢幻を見詰めて頷いた。

「よし。ならば隻竜、お前は日暮左近なる秩父のはぐれ忍びを必ず討ち果たせ」

夢幻は命じた。

「ははっ。忝《かたじけの》うございます……」

隻竜は平伏した。

「佐助、四之組頭の呑竜《どんりゅう》を呼べ……」

夢幻は、佐助に命じた。

甲然寺の結界は、隻竜が戻ってから一段と厳しくなった。
俺を警戒しての厳しさか……。
左近は苦笑した。
おそらく、隻竜は肩の傷が治る迄、甲然寺から動く事はないだろう。
左近は睨んだ。
甲然寺の山門が開き、小柄な托鉢《たくはつ》坊主が出て来た。
托鉢坊主……。
左近は見守った。
托鉢坊主は、破れた饅頭笠《まんじゅうがさ》を被り、薄汚れた衣を纏《まと》い、錫杖《しゃくじょう》をつきながら歩き出した。
左近は、托鉢坊主を見守った。
托鉢坊主は、弱々しい足取りで雑木林の間の参道をやって来る。
弱々しい足取りを装っている……。
左近は気が付き、托鉢坊主の身のこなしを窺った。
忍びだ……。
小柄な托鉢坊主は甲賀忍び……。

左近は睨んだ。

よし……。

左近は、小柄な托鉢坊主を追った。


隅田川に架かる吾妻橋《あずま》は浅草《あさくさ》と本所《ほんじょ》を結び、多くの人々が行き交っていた。

小柄な托鉢坊主は、家々の前や辻に立って経を読む事もなく、浅草広小路の雑踏を抜けて吾妻橋に進んだ。

何処に行く……。

左近は尾行《つ け》た。

小柄な托鉢坊主は、吾妻橋を渡って本所に出た。そして、肥後国熊本新田藩《ひごくまもとしんでん》と出羽国秋田藩《でわあきた》の江戸下屋敷の前を北に進み、向島に向かった。

向島には、水戸藩江戸下屋敷がある。

行き先は水戸藩江戸下屋敷……。

左近は読んだ。

小柄な托鉢坊主は、源森川《げんもりがわ》に架かっている源兵衛橋《げんべえ》を渡って向島に入り、水戸藩江戸下屋敷の前に立ち止まった。

左近は、小柄な托鉢坊主を見守った。

小柄な托鉢坊主は、破れた饅頭笠を上げて水戸藩江戸下屋敷を窺っていた。

甲賀忍びは、秩父忍びとは別の伝手《つて》から土浦藩の相州五郎正宗を奪えと命じた者が水戸藩の隠居宗斉と割り出したのかもしれない。

左近は気が付いた。

托鉢坊主は、それを見定めて奪い返す役目なのかもしれない。

左近は読んだ。

甲賀忍びと御三家水戸藩は、相州五郎正宗を巡って秘かに遣《や》り合う。

面白い……。

左近は、腹の内で嗤《わら》った。

水戸藩江戸下屋敷表門脇の潜《くぐ》り戸が開いた。

小柄な托鉢坊主は、経を読み始めた。

二人の水戸藩の家来が、開いた潜り戸から出て来た。

小柄な托鉢坊主は経を読んだ。

「坊主、此処は御三家水戸藩の御屋敷だ。早々に立ち去れ」

二人の家来は、小柄な托鉢坊主を野良犬のように追い払った。

小柄な托鉢坊主は、慌ててその場から立ち去った。

左近は苦笑し、追った。

三

水戸藩江戸下屋敷は、西の正面に向島の土手道と隅田川、南に源森川、東に常泉寺《じょうせんじ》があり、北には緑の田畑が広がっている。

小柄な托鉢坊主は、水戸藩の家来に追い払われた後、水戸藩江戸下屋敷の周囲を歩いた。

下屋敷の護りを見定め、忍び口を探そうとしている。

左近は、小柄な托鉢坊主の動きを読んだ。

小柄な托鉢坊主は、時々下屋敷の塀の内側に石を投げ込んで警備の様子を窺った。

石を投げ込んでも見付からず、咎《とが》められる事はなかった。

警備は甘い……。

小柄な托鉢坊主は見定めた。

左近は、小柄な托鉢坊主の腹の内を読んだ。

水戸藩江戸下屋敷には、藩主の叔父である宗斉が暮らし、御側衆の加納行部と下屋敷留守居頭《るすいがしら》の高原外記《たかはらげき》が取り仕切っていた。

その藩主の叔父の宗斉こそが、土浦藩の相州五郎正宗を奪う為に秩父忍びを雇った者なのだ。

小柄な托鉢坊主は、漸《ようや》く水戸藩江戸下屋敷から離れ、吾妻橋に戻り始めた。

左近は追った。


隅田川には様々な船が行き交っていた。

小柄な托鉢坊主は、吾妻橋を渡って浅草に戻り、大川沿いの小道を南の両国の方に進んだ。

左近は追った。

小柄な托鉢坊主は、駒形《こまがた》堂の裏にある古い一膳飯屋に入った。

只の一膳飯屋なのか……。

ひょっとしたら、甲賀の忍《しの》び宿《やど》の一つなのかもしれない。

見定める……。

左近は、古い一膳飯屋の暖簾《のれん》を潜った。

「邪魔をする……」

左近は、古い一膳飯屋に入った。

「いらっしゃい……」

亭主は迎えた。

「浅蜊《あさり》のぶっかけ丼を頼む……」

左近は、亭主に注文した。

「へい……」

亭主は、板場に入って行った。

左近は、店の奥にいる小柄な托鉢坊主を窺った。

小柄な托鉢坊主は、破れた饅頭笠を取って浪人と何事かを話していた。

浪人は、小柄な托鉢坊主に呼ばれ、此処で待っていたのかもしれない。

左近は、それとなく窺った。

小柄な托鉢坊主は、浪人に何事かを話していた。

浪人は、小柄な托鉢坊主の話を頷きながら聞いていた。

何事かを命じている……。
左近は読んだ。
四半刻《しはんとき》（三十分）が過ぎた。
左近は、浅蜊のぶっかけ丼を食べ終えた。
小柄な托鉢坊主と浪人は、何事かを話し続けていた。
左近は、飯代を払って先に一膳飯屋を出た。

陽は西に大きく傾いていた。
左近は、駒形堂の陰に身を潜めて一膳飯屋を見張った。
僅かな刻が過ぎた。
一膳飯屋から浪人が現れ、辺りを窺って足早に立ち去って行った。
左近は見送った。
小柄な托鉢坊主はどうする……。
左近は、一膳飯屋に居続ける小柄な托鉢坊主が出て来るのを待った。
大禍時《おおまがとき》が訪れ、大川を行く船は船行燈《ふなあんどん》を灯《とも》し始めた。

大川の流れに船明かりは映えた。

一膳飯屋は軒行燈を灯し、晩飯を食べる客が出入りをした。

左近は見張った。

小柄な托鉢坊主は出て来なかった。

一膳飯屋は、やはり小柄な托鉢坊主と拘わりのある店なのだ。

左近は読んだ。

明かりを灯した船が大川を行き交い、刻は過ぎた。


夜が更けた。

一膳飯屋の客が途絶えた。

亭主が現れ、暖簾を降ろした。

小柄な托鉢坊主が饅頭笠を被り、錫杖を手にして一膳飯屋から出て来た。

「呑竜さま……」

「うむ……」

呑竜と呼ばれた小柄な托鉢坊主は、一膳飯屋の亭主に笑い掛けた。

「お気を付けて……」

亭主は頭を下げた。

「では な……」

呑竜は、大川沿いの道を吾妻橋に向かった。

甲賀忍びの呑竜……。

左近は、小柄な托鉢坊主の名と一膳飯屋の亭主も甲賀忍びと拘わりがあるのを知った。

呑竜は、薄汚れた衣を微風に揺らし、錫杖をついて吾妻橋に進んで行く。

よし……。

左近は追った。


向島の土手道に人影は途絶えた。

水戸藩江戸下屋敷は、表門を閉じて辻行燈を灯していた。

托鉢坊主の呑竜は、吾妻橋を渡って隅田川を越え、向島に進んで水戸藩江戸下屋敷の表門の前に佇《たたず》んだ。

何をするのだ……。

左近は、土手の陰から見守った。

呑竜は、水戸藩江戸下屋敷の南、源森川沿いの道を東に進んだ。

左近は追った。

水戸藩江戸下屋敷の裏、東側には常泉寺という寺がある。

呑竜は、源森川沿いの道を進み、既に山門を閉じている常泉寺の土塀を乗り越えて境内に潜入した。そして、境内の西側に走った。

西側には、水戸藩江戸下屋敷の奥の土塀があった。

呑竜は、奥の土塀の前に佇んだ。

大名屋敷と寺では、云う迄もなく寺の警戒の方が緩い。

呑竜は、警戒の緩い常泉寺の境内から水戸藩江戸下屋敷の裏手に忍び込もうとしているのだ。

左近は見守った。

僅かな刻が過ぎた。

三人の忍びの者が現れ、呑竜の許《もと》に駆け寄って来た。三人の中には、呑竜と一膳飯屋にいた浪人もいた。

呑竜は饅頭笠を取り、薄汚れた衣を脱ぎ棄てて忍び姿になった。

甲賀忍びの呑竜と三人の配下の忍びは、常泉寺の境内から水戸藩江戸下屋敷との間の土塀を次々に越えた。

左近は続いた。

土塀の内側には植込みがあり、泉水や築山《つきやま》や四阿《あずまや》などが配された庭が広がっていた。

呑竜は、庭の向こうの奥御殿を窺った。

奥御殿は雨戸を閉めており、見廻りの家来たちが庭を行くぐらいで警戒は緩かった。

呑竜と配下の忍びの者は、土浦藩が奪われた相州五郎正宗を奪い返しに来たのだ。

おそらく相州五郎正宗は、隠居の宗斉の手許にある。

呑竜は読み、先《ま》ずは隠居の宗斉の居場所を突き止める事にした。

呑竜は、配下の忍びの者に目配せをした。

二人の忍びの者は頷き、表御殿に向かって走った。

呑竜と浪人の忍びの者は、庭を突っ切って奥御殿の濡《ぬ》れ縁《えん》に上がり、雨戸の端に取り付いた。

浪人の忍びの者は、問外《といかき》を出して雨戸の猿《さる》を外して僅かに開け、廊下を覗き込んだ。

廊下は長くて暗く、座敷が連なっている。

浪人の忍びの者は、廊下に素早く忍び込んで辺りを窺った。

静寂が続き、人が現れる気配はない。

浪人の忍びの者は見定め、呑竜に合図した。

呑竜は頷き、続いた。

左近は、僅かに開いた雨戸の傍に走り、廊下の様子を窺った。


呑竜と浪人の忍びの者は、廊下の天井に跳んで天井裏に忍び込んだ。

天井裏には、柱と梁《はり》が縦横に組み合わされていた。

呑竜と浪人の忍びの者は、暗く湿った天井裏の梁の上に忍び、天井板に坪錐《つぼきり》で幾つもの覗き穴を作った。

表御殿から男の悲鳴が上がった。

「呑竜さま……」

浪人の忍びの者は笑った。

「うむ。家来たちの動きを見極め、隠居の居場所を見定める」

呑竜は、嘲笑を浮かべ、梁から身を乗り出して作った穴を覗いた。

浪人の忍びの者が続いた。


表御殿で何かがあった。

左近は、奥御殿の大屋根に跳んだ。そして、表御殿の大屋根に走った。

表御殿では風もないのに木々の枝葉が激しく揺れ、蒼白い火の玉が浮遊していた。

家来たちと中間《ちゅうげん》、小者《こもの》は驚き怯え、激しく狼狽《うろた》えていた。

妖《あや》かし……。

左近は苦笑した。

表御殿に走った二人の甲賀忍びの者が、闇に忍んで木々の梢を揺らし、火の玉を飛ばしているのだ。

左近は、大屋根の上を透《す》かし見た。

二人の甲賀忍びの者が、大屋根の上に潜んで火の玉を操り、木々の梢を揺らしていた。

妖かしで騒ぎを起こして家来たちを引き付け、呑竜の動きを助けている。

左近は、騒ぎを見定めて大屋根伝いに素早く奥御殿に戻った。


明かりが連なる座敷に灯され、廊下に揺れた。

奥御殿の宿直《とのい》の家来たちは、連なる座敷から出て来て騒めきの聞こえる表御殿に慌ただしく駆け去った。


呑竜と浪人の忍びの者は、天井裏に忍んで覗き穴から廊下を窺っていた。

奥の座敷から現れた宿直の家来は、表御殿には行かず障子の前に座り、辺りを警戒した。

あの座敷に隠居の宗斉がいる……。

呑竜は見定めた。

浪人の忍びの者が頷いた。

呑竜は、天井裏を進んで宿直の家来の護る座敷の上に出た。そして、天井板を僅かにずらして座敷を窺った。

座敷には有明行燈《ありあけ》が灯され、寝間着を着た白髪髷《しらがまげ》の老人が蒲団《ふとん》の上に身を起こしていた。

人相風体《ふうてい》に絹の蒲団……。

隠居の宗斉……。

呑竜は見定め、座敷を窺った。

床の間の刀掛けには、白鞘の大刀が置かれていた。

相州五郎正宗か……。

呑竜は睨んだ。

「どうした。何の騒ぎか分かったのか……」

宗斉は、苛立たしげに襖の向こうに尋ねた。

「今暫くお待ち下さいませ」

宿直の武士の返事が聞こえた。

呑竜は、浪人の忍びの者を促した。

浪人の忍びの者は、小さな竹筒の蓋を開けて白い粉を宗斉の頭上に振り撒いた。

宗斉は、振り撒かれた白い粉を吸って眠りに落ち、絹の蒲団の上に崩れて鼾《いびき》を掻《か》き始めた。

呑竜は座敷に跳び下り、床の間に置かれた白鞘の大刀を奪い、素早く天井裏に戻った。


呑竜は、白鞘の大刀を背負って奥御殿から現れた。

浪人の忍びの者が続いた。

奥御殿の大屋根の上から見守っていた左近は、呑竜が背負っている白鞘の大刀に気が付いた。

相州五郎正宗か……。

左近は眉をひそめた。

呑竜は、隠居の宗斉の許から相州五郎正宗を奪い取って来たのか……。

そして、それは真の相州五郎正宗なのか……。

左近は、様々な想いに駆られた。

呑竜は、指笛を短く吹き鳴らし、奥御殿の庭を常泉寺に向かって走った。

左近は、奥御殿の大屋根から庭の隅に跳び、呑竜を追った。

常泉寺の境内に下りた呑竜と浪人の忍びは、二人の忍びの者が戻るのを待った。
僅かな刻が過ぎ、二人の忍びの者が土塀を越えて戻って来た。
「ご苦労だったな。駒込に戻る……」
呑竜は、常泉寺の境内を出て駒込に走った。
浪人の忍びの者たちは続いた。
左近は追った。

呑竜の背にある白鞘の大刀は、陽炎たちが土浦藩から奪った相州五郎正宗なのか……。
見定めなければならない。
本物の相州五郎正宗ならば、甲賀忍びの秩父忍びへの攻撃は終わるかもしれない。
だが、贋《にせ》の相州五郎正宗ならば、闘いは続くのだ。
白鞘の大刀の真贋《しんがん》は、秩父忍びの存亡に拘わっている。
左近は、呑竜たち甲賀忍びを追った。

駒込の緑の田畑は陽差しに煌めいていた。
左近は、甲然寺を見張った。
甲然寺の山門が開き、深編笠を被った武士が二人の供侍を従えて出て来た。
誰だ……。
左近は、参道を来る深編笠を被った武士たちを窺った。
供侍の一人は、金襴《きんらん》の刀袋に納めた大刀を抱えていた。
相州五郎正宗か……。
左近は、金襴の刀袋に納められた刀が何か読んだ。
深編笠を被った武士は、二人の供侍を従えて駒込の通りに向かった。
左近は、深編笠の武士の身の熟《こな》しと足取りを読んだ。
意気込みも構えもない……。
まるで、微風にでも吹かれているかのような足取りだ。
甲賀忍びの総帥夢幻……。
左近の勘が囁《ささや》いた。
甲賀忍び総帥の夢幻ならば、尾行はおそらく見破られる。
左近は、夢幻たちの行き先を読んだ。

金襴の刀袋に納められた大刀が呑竜が奪った相州五郎正宗ならば、夢幻は土浦藩の重臣の処《ところ》に持って行く筈だ。

左近は睨んだ。

土浦藩の江戸上屋敷は小川町《おがわまち》にあり、下屋敷は深川小名木川沿いにある。

夢幻はどちらかに行く……。

左近は読んだ。

よし、賭《か》けだ……。

左近は決め、夢幻たちの先廻りをする事にした。

小名木川は陽差しに溢れ、荷船の船頭の唄う歌が長閑に響いていた。

土浦藩江戸下屋敷は、西に表門を構えて南側の土塀を小名木川に接していた。

左近は、土浦藩江戸下屋敷に先廻りして表御殿の屋根に忍び、夢幻と二人の供侍が来るのを待った。

来るか来ないか……。

左近は、夢幻は小名木川の江戸下屋敷に来ると睨み、賭けた。

深編笠を被った武士と二人の供侍が、通りを曲がってやって来た。

甲賀忍びの総帥夢幻だ。

勝った……。

夢幻は、左近の睨み通り土浦藩江戸下屋敷にやって来たのだ。

左近は、微かな安堵《あんど》を浮かべた。


土浦藩御刀番相良嘉門《さがらかもん》は、懐紙《かいし》を咥《くわ》えて白鞘の刀を静かに抜いた。

白刃は鈍色《にびいろ》に輝いた。

相良は、厳しい面持ちで白刃の鋒《きつさき》から鎺《はばき》迄を眺めた。

夢幻と土浦藩総目付の小笠原主水は、相良の目利きの結果を待った。

相良は、刀の刃文《はもん》、棟《むね》、鎬《しのぎ》などを念入りに見定めた。そして、刀の目釘《めくぎ》を外して茎《なかご》に刻まれている銘《めい》を仔細《しさい》に検《あらた》め、小さな吐息を洩らした。

「相良どの、刻まれている銘は相州五郎正宗だが……」

小笠原は、緊張に喉を引き攣《つ》らせた。

「小笠原どの、確かに刻まれている銘は相州五郎正宗だが、真っ赤な贋物《にせもの》……」

相良は、厳しい面持ちで告げた。

「贋物……」

小笠原は、戸惑いを浮かべた。

「やはり……」

夢幻は、小さく苦笑した。

「夢幻どの……」

「小笠原どの、流石《さすが》は水戸の隠居宗斉。我らの動きを読み、相州五郎正宗、贋物に替えてあったようだ」

夢幻は読んだ。

「一筋縄ではいかぬ年寄りめ……」

小笠原は、腹立たしげに吐き棄てた。

「左様。だが、我らも贋物を摑《つか》まされておめおめと退き下がる訳には参らぬ……」

夢幻は告げた。

「ならば……」

小笠原は、夢幻の出方を窺った。

「本物の相州五郎正宗を戴《いただ》く迄、何度でも攻め立ててくれる」

夢幻は苦笑した。

御刀番の相良嘉門は、贋の相州五郎正宗の茎に柄《つか》を戻して目釘を打ち、白鞘に納めて夢幻に返した。

「必ず本物を奪い返す……」

夢幻は、不敵に云い放った。


夢幻は、刀の入った金襴の刀袋を持った供侍たちを従えて土浦藩江戸下屋敷から帰った。

左近は見送った。

昨夜、呑竜が奪った相州五郎正宗は贋物だったようだ。

左近は見定めた。

水戸藩隠居の宗斉は、既に相州五郎正宗の贋物を用意していたのだ。

左近は、水戸藩隠居宗斉の油断のない狡猾《こうかつ》さを知った。

四

向島の土手の桜並木は、緑の葉を風に揺らしていた。

水戸藩江戸下屋敷は表門を閉じていた。

「それで高原どの、表御殿の前庭の木の枝が風もないのに激しく揺れ、火の玉が飛び交ったのですな……」

御側衆の加納行部は、下屋敷留守居頭の高原外記に尋ねた。

「如何《いか》にも。それで家中の者共が驚き、物《もの》の怪《け》が現れたと大騒ぎになりましてな……」

高原は眉をひそめた。

「左様か。御隠居さま、どうやら何者かが物の怪騒ぎを起こして家中の者共を表御殿の前に集め、その隙を突いて御隠居さまを眠らせ、相州五郎正宗を奪い取って行ったのでございましょう」

加納は、己の読みを隠居の宗斉に告げた。

「うむ。近習《きんじゆう》の者共が騒ぎの様子を見に行った後、急に眠気に襲われ、気が付いた時には相州五郎正宗の贋物、奪われていた……」

宗斉は苦笑した。

「おそらく忍びの者の仕業かと存じます」

加納は睨んだ。

「忍びの者か……」

宗斉は眉をひそめた。

「はい。土浦藩、忍びの者を雇ったのでございましょう」

加納は告げた。

「土浦藩か……」

「はい。土浦藩の者共、奪った刀の目利きをし、相州五郎正宗が贋物だと気が付き、熱《いき》り立っている事にございましょう」

「うむ……」

宗斉は笑った。

「それで、土浦藩はどう出るか……」

加納は眉をひそめた。

「行部、秩父忍びを呼ぶか……」

宗斉は、嘲笑を浮かべた。

「はい。ですが、秩父忍び、盗みは出来ても人数は少なく、闘いは非力。おそらく土浦藩が雇った忍びの者共の敵ではございますまい」

加納は、冷静に読んだ。

「ならば行部、如何《いかが》致す」

「秩父忍びの他に、新たな忍びの者を雇うしかありますまい」

「新たな忍びの者……」

宗斉は、白髪眉をひそめた。

「はい。そして、秩父忍びを餌《えさ》にして土浦藩が雇った忍びの者共を誘《おび》き出し、新たな忍びの者に殲滅《せんめつ》させるのが上策《じょうさく》かと……」

加納は、己の企《くわだ》てを告げた。

「面白い。行部、企てを進めるが良い」

宗斉は、冷酷な笑みを滲ませた。

「ははっ。では……」

加納と高原は、隠居の宗斉に平伏して退出して行った。

宗斉は、刀掛けに掛けてあった白鞘の大刀を取り、静かに抜き放った。

刀の白刃は輝いた。

「相州五郎正宗……」

宗斉は、金壺眼《かなつぼまなこ》を瞠《みは》り、薄い唇を歪めて輝く白刃に見惚《みと》れた。

「見事な……」

宗斉は、嬉しげに呟いた。

相州五郎正宗は美しく輝いた。

駒込の甲然寺は静寂に覆われていた。

周囲の雑木林には、結界が張られている所為《せい》か小鳥の囀りもなかった。

左近は、雑木林の間の参道の奥にある甲然寺を見張っていた。

甲賀忍びの総帥夢幻は、奪い返した相州五郎正宗が贋物と知ってどうするか……。

左近は、甲然寺を見詰めた。


甲賀忍びの総帥夢幻は、甲賀忍び四之組頭の呑竜を呼んだ。

呑竜は、夢幻の前に平伏した。

「呑竜、既に気が付いていようが、昨夜、隠居の宗斉の許から奪って来た相州五郎正宗は贋作だった」

夢幻は、怒りや悔しさを感じさせず淡々としていた。

「やはり……」

呑竜は頷いた。

「そこでだ、呑竜。おぬしは引き続き、宗斉の許にある相州五郎正宗を狙い、何としてでも奪い取るのだ」

夢幻は命じた。

「心得ました……」

呑竜は平伏した。


甲然寺の山門が開いた。

左近は見詰めた。

托鉢坊主が現れた。

破れ饅頭笠に薄汚れた衣の托鉢坊主は、錫杖をつきながら参道を進んだ。

左近は、托鉢坊主の身の熟しや足取りを読んだ。

呑竜だ……。

左近は見定めた。

呑竜は、総帥の夢幻に命じられて引き続き相州五郎正宗を狙っているのかもしれない。

左近は読んだ。

よし……。

左近は、参道を出て駒込の通りに向かう呑竜を追った。


向島の土手道の桜並木は、緑の葉を微風に揺らしていた。

呑竜は、隅田川に架かっている吾妻橋を渡り、水戸藩江戸下屋敷に進んだ。

左近は、慎重に尾行《つけ》た。

呑竜は、経を読みながら水戸藩江戸下屋敷の表門前を通った。

水戸藩江戸下屋敷は、護りを厳しくしていた。

向島の土手から浪人が現れ、呑竜に続いた。

呑竜配下の甲賀忍びの者だ……。

左近は気が付いた。

呑竜は、土手道を進んで長命寺《ちようめいじ》の前、桜餅で名高い茶店に入り、饅頭笠を取って茶を頼んだ。

浪人は続いて茶店に入り、呑竜のいる縁台の隣に腰掛けた。

左近は、土手道を挟んだ向かい側の桜の木の陰から眺めた。

呑竜と浪人の声は聞こえない。

左近は、呑竜と浪人の唇を読んだ。

「水戸藩下屋敷、護りを固めたようだな」

呑竜は、茶店の亭主の運んできた茶を飲みながら訊いた。

「はい。昨夜の物の怪騒ぎ、どうやら忍びの仕業と気が付いたようです」

浪人は告げた。

「ならば、御側衆の加納行部、何処かの忍びの者を呼び、護りを固めるか……」

呑竜は読んだ。

「おそらく……」

浪人は頷いた。

「何処の忍びが来るのか知らぬが、来れば忍び込むのが面倒になるだけだな」

呑竜は眉をひそめた。

「はい……」

「よし……」

呑竜は、嘲笑を浮かべた。

左近は、呑竜と浪人の唇の動きを読んだ。

次の攻撃は直ぐだ……。

左近は睨んだ。

そして、水戸藩の御側衆加納行部は、忍びの者を呼んで護りを固める。

その忍びとは、秩父忍びなのか……。

左近は想いを巡らせた。

もし秩父忍びなら、陽炎たちは再び甲賀忍びの攻撃に晒《さら》される。

甲賀忍びの攻撃は、以前にも増して熾烈《しれつ》を極め、陽炎たち秩父忍びは存亡の危機に陥ってしまう。

そうさせてはならない。

ならば、どうする……。

甲賀忍びを叩いたところで、水戸藩隠居の宗斉が相州五郎正宗を奪ったままでは、闘いは続くのだ。

隠居の宗斉を斃《たお》し、相州五郎正宗を本当の持ち主である土浦藩に戻す。

そうしない限り、秩父忍びを巻き込んだ殺し合いは続くのだ。

とにかく、水戸藩御側衆の加納行部が呼ぶ忍びが何処の忍びかだ。
見定める……。
左近は、暫く様子を見ることにした。
呑竜と浪人は、茶店を出て水戸藩江戸下屋敷に向かった。
水戸藩江戸下屋敷に戻る……。
左近は読み、後を追った。

呑竜と浪人は、水戸藩江戸下屋敷の周囲を廻り、真裏の常泉寺に落ち着いた。
次も常泉寺の境内から侵入する……。
左近は読んだ。
呑竜は、浪人を引き続き水戸藩江戸下屋敷の見張りに残し、吾妻橋に向かった。
駒形の一膳飯屋に行くのか、それとも駒込の甲然寺に戻るのか……。
何れにしろ、呑竜は相州五郎正宗を取り戻す仕度に行くのだ。
左近は、吾妻橋に向かう呑竜を見送り、水戸藩江戸下屋敷と浪人を見張った。
僅かな刻が過ぎた。
水戸藩江戸下屋敷表門脇の潜り戸が開いた。

左近は見守った。
羽織袴の武士が供侍を従えて現れ、被っていた塗笠《ぬりがさ》を上げて辺りを見廻した。
何者だ……。
左近は気になり、浪人を見た。
浪人は、緊張した様子で塗笠を被った武士を見詰めていた。
塗笠を被った武士が何者か知っている……。
左近は睨んだ。
塗笠を被った武士は、供侍を従えて向島の土手道を北に進んだ。
浪人は尾行た。
ひょっとしたら、塗笠を被った武士は水戸藩御側衆の加納行部なのかもしれない。
左近は追った。

塗笠を被った武士と供侍は、向島の土手道を北に進み、長命寺の手前を流れる小川沿いの田舎道に曲がった。
浪人は、追って田舎道に曲がった。

左近は続いた。

塗笠を被った武士の行く手には、垣根の廻された潰《つぶ》れた料理屋がある、
塗笠を被った武士は、供侍を従えて潰れた料理屋の木戸門を潜った。

浪人は、木戸門に走って潰れた料理屋を窺った。

刹那《せつな》、背後の小川の船着場に繋《つな》がれていた猪牙舟《ちょきぶね》から二人の忍びの者が現れ、木戸門の傍にいた浪人に襲い掛かった。

浪人は、不意を突かれた。

二人の忍びの者は、浪人の喉元に苦無を突き付け、一気に木戸門から潰れた料理屋の中に連れ込んだ。

罠《わな》……。

左近は眉をひそめた。

塗笠を被った武士は、囮《おとり》となって見張っている甲賀忍びの者を誘き出し、二人の忍びの者に捕らえさせたのだ。

左近は、潰れた料理屋の裏手に走り、垣根を跳び越えた。

二人の忍びの者は、浪人を潰れた料理屋の裏手にある納屋《なや》に連れ込んだ。

左近は見定め、納屋の屋根の上に跳び、己の気配を消して中の様子を窺った。

二人の忍びの者は、浪人を素早く縛り上げて猿轡《さるぐつわ》を嚙ませた。

塗笠を被った武士が、供侍を従えて入って来た。

浪人は、激しく踠《もが》いた。

二人の忍びの者は、激しく踠く浪人の懐《ふところ》から火薬の入った竹筒や忍び道具を取り上げた。

浪人は、観念して踠くのを止めた。

「甲賀忍びだな……」

武士は、塗笠を取って冷笑を浮かべた。

御側衆の加納行部だった。

浪人は、加納行部を睨み付けた。

「昨夜も忍び込み、今夜も来る気か……」

加納は、浪人に嘲笑を浴びせた。

浪人は、悔しげに顔を背《そむ》けた。

「どうやら、今夜も来るようだ」

加納は、浪人の顔色を読んだ。

浪人は俯《うつむ》いた。

睨みに間違いはない……。

加納は見定めた。

「ならば、眠るが良い……」

加納は、浪人に笑い掛けながら突き刺した。

浪人は、恐怖に眼を瞠ったまま絶命し、横倒しに斃れた。

「ご苦労だった……」

加納は、二人の忍びの者を労《ねぎら》った。

「加納さま……」

「うむ。今夜、甲賀忍びが再び襲って来るが、見張りが消えたので戸惑う筈だと、頭領に報せてくれ」

加納は、二人の忍びの者に告げた。

「承知……」

忍びの者の一人が頷き、納屋から出て行った。

左近は、納屋の屋根の上から跳び下り、忍びの者を追った。
忍びの者は、潰れた料理屋を出て小川沿いの田舎道を東に走った。
左近は追った。
塗笠を被った武士は、やはり水戸藩御側衆の加納行部だった。
加納行部は、既に新たな忍びの者を雇っていた。
何処の忍びの者か……。
左近は、追って突き止める事にした。
忍びの者は、小川沿いを東に進み、架かっている小橋を渡って南の小梅村《こうめ》に向かった。
左近は追った。

忍びの者は、小梅村から北本所の横川《よこがわ》に出た。そして、横川沿いの道を南に進んだ。
左近は尾行《つけ》た。
忍びの者は、横川沿いの道にある古い武家屋敷に裏門から入った。
左近は見届けた。

何者の屋敷だ……。

左近は、忍びの者が入った古い武家屋敷を眺めた。

武家屋敷は、長屋門と長屋塀に囲まれた三千石《ごく》取りぐらいの旗本《はたもと》の屋敷だった。

左近は、近所の者に聞き込みを掛けた。

「えっ。あの屋敷は旗本のお殿さまが御上のお咎めを受けて切腹されて以来、空き屋敷で誰も住んでいませんよ」

旗本屋敷の中間は、戸惑いを浮かべて横川の向こうの武家屋敷を見た。

「旗本の空き屋敷……」

左近は眉をひそめた。

「ええ……」

中間は頷いた。

「いつからかな……」

「二年ぐらい前からですか……」

「二年ぐらい前か……」

左近は、横川の向こうの武家屋敷を眺めた。

忍びの者が入った武家屋敷は、二年ぐらい前から空き屋敷だった。

水戸藩御側衆加納行部が新たに雇った忍びは、二年ぐらい前からの空き屋敷を根城にしているのだ。

左近は知った。そして、忍びの者が出入りしている武家屋敷の裏門を窺った。

結界だ……。

裏門には結界が張られていた。

結界は、おそらく武家屋敷の周りに巧妙に張り巡らされているのだ。

何処の忍びだ……。

左近は、水戸藩御側衆の加納行部の雇った新たな忍びが気になった。


日が暮れた。

武家屋敷の裏門から黒い人影が次々に現れ、向島の小梅村に向かって走った。

忍びの者……。

左近は見定めた。

忍びの者たちは、向島の水戸藩江戸下屋敷に行く。

左近は読み、追った。

隅田川の流れには、幾つもの船明かりが揺れた。
北本所から来た忍びの者たちは、水戸藩江戸下屋敷の周囲を窺った。
甲賀忍びの者たちは忍んでいない。
忍びの者たちは見定め、水戸藩江戸下屋敷の周囲に散り、暗がりに身を忍ばせた。
甲賀忍びの吞竜たちが来るのを待つ……。
左近は見定め、物陰に忍んだ。
背の高い総髪《そうはつ》の武士がやって来て、水戸藩江戸下屋敷に入って行った。
加納行部が新たに雇った忍びの頭……。
左近は見定めた。
向島の土手に虫が鳴き、隅田川には幾つもの船明かりが行き交った。
刻が過ぎ、隅田川を行き交う船明かりは途絶えた。
吾妻橋の下から屋根船が現れ、水戸藩江戸下屋敷の船着場に船縁《ふなべり》を寄せた。
吞竜と配下の甲賀忍び……。
左近は睨んだ。
吞竜と八人程の甲賀忍びの者は、屋根船から船着場に下りて土手道に駆け上がった。

刹那、呑竜が指笛を短く鳴らした。

配下の甲賀忍びの者たちが立ち止まった。

呑竜は、見張っている筈の配下の浪人がいないのに気が付き、異変を感じた。

刹那、土手道に忍びの者たちが現れた。

呑竜と甲賀忍びの者たちは身構えた。

土手道に現れた忍びの者たちは、斜面を一気に駆け下りて呑竜と甲賀忍びの者たちを取り囲んだ。

「甲賀忍びだな……」

忍びの者の頭が笑い掛けた。

「お前たちは……」

呑竜は、取り囲んだ忍びの者を見据えた。

「死ぬ者が知る必要はない……」

忍びの者の頭は笑い、地を蹴って夜空に跳んで手裏剣を放った。

呑竜と配下の甲賀忍びは散った。

忍びの者たちは、呑竜と甲賀忍びに手裏剣を放った。

手裏剣が飛び交った。
忍びの者同士の殺し合いは、咬《か》み合う刃と巻き起こる風の音だけを響かせた。
呑竜たち甲賀忍びは押され、次々に倒され始めた。
忍びの者たちは、嵩《かさ》に掛かって甲賀忍びを攻め立てた。
左近は見守った。
殺し合い、互いに人数を減らせばいい……。
左近は、殺し合う忍びの者を冷ややかに見守った。
甲賀忍びの者は斃された。そして、呑竜と配下の忍びの者一人が残された。
配下の忍びの者が、隅田川に逃れようと土手を駆け下りた。
忍びの者たちは、忍び刀を翳《かざ》して殺到した。
配下の忍びの者は、全身を斬られて隅田川に転げ落ちた。
水飛沫が月明かりに煌めいた。
呑竜は囲まれた。
「口程にもないな。甲賀忍び……」
忍びの者の頭は、呑竜を見据えた。
「おのれ……」

呑竜は、悔しさを露《あら》わにした。

「所詮《しょせん》、木曾《きそ》忍びの敵ではないか……」

忍びの者の頭は嘲笑《あざわら》った。

「木曾忍び……」

呑竜は眉をひそめた。

刹那、木曾忍びの頭は、忍び刀を抜いて呑竜に襲い掛かった。

呑竜は、地を蹴って跳んだ。

刹那、木曾忍びの者たちが一斉に手裏剣を投げた。

手裏剣は輝いた。

呑竜は、全身に手裏剣を浴び、血を飛ばして斜面に落ちた。

「此迄だ……」

木曾忍びの頭は冷笑し、斜面に落ちた呑竜の胸に忍び刀を突き刺した。

甲賀忍び四之組頭の呑竜は絶命した。

「片付けろ……」

木曾忍びの頭は、配下の忍びの者に冷たく命じた。

木曾忍びの者たちは、呑竜の死体を隅田川に投げ落とした。

木曾忍びの頭は、向島の土手道に上がった。
刹那、木曾忍びの頭は鋭い殺気に襲われ、咄嗟に斜面に身を伏せた。
左近は、伏せた木曾忍びの頭を残して向島から立ち去った。
木曾忍び……。
左近は、水戸藩御側衆加納行部が新たに雇った忍びを知った。

第三話　木曾忍び

一

木曾忍び……。

左近は、水戸藩御側衆《おそばしゅう》加納行部が新たに木曾忍びを雇ったのを知った。

木曾忍びは、水戸藩隠居の宗斉と相州五郎正宗の大刀を護り、土浦藩の雇った甲賀忍びと殺し合うのだ。

此《これ》で秩父忍びは御役御免《おやくごめん》になればいい……。

左近はそう思った。

だが、油断は出来ない。

左近は、暫く水戸藩御側衆の加納行部の出方を見守る事にした。

燭台の明かりは揺れた。

水戸藩御側衆加納行部は、木曾忍びの御館連也斉《れんやさい》と向かい合っていた。

「して加納どの、甲賀忍びを打ち破る手立てがあるそうだが、訊かせていただこう……」

木曾忍びの御館連也斉は、加納を見据えた。

「うむ。甲賀忍びを誘き出し、一気に殲滅《せんめつ》していただく……」

「甲賀忍びを誘き出す……」

連也斉は眉をひそめた。

「如何《いか》にも……」

加納は、嘲笑を浮かべて頷いた。

「誘き出す餌は……」

「秩父忍び……」

「秩父忍び……」

連也斉は訊き返した。

「左様《さよう》。秩父忍びを餌にして甲賀忍びを誘き出す」

「成る程《なるほど》、餌は秩父忍びですか……」

連也斉は頷いた。

「御館さま……」

暗い次の間から男の声がした。

「白虎《びやっこ》か……」

「はっ……」

暗い次の間に木曾忍びの頭、白虎が現れた。

「甲賀忍び、如何《いかが》致した」

「皆殺しに致しました」

「ご苦労……」

「はっ。ですが……」

白虎は、緊張と戸惑いを交錯させた。

「どうかしたのか……」

「はい。甲賀忍びを皆殺しにした後、何者かに鋭い殺気を浴びせられました」

白虎は眉をひそめた。

「何者かの鋭い殺気……」

「はい……」

「甲賀忍びではないのだな……」

「はい。ですが、忍びの者に間違いございません」

白虎は告げた。

「心当たりは……」

連也斉は、加納を見据えた。

「ない……」

加納は、首を横に振った。

「此度の一件に拘わっている忍びは、甲賀と秩父忍びでしたな……」

「左様……」

「ならば、秩父忍び……」

「いや。秩父忍びは、土浦藩の御刀蔵を破って相州五郎正宗を奪って役目を終え、秩父に帰った。そして、私の報せで、今、江戸に向かっている筈だ。それに、秩父忍びに鋭い殺気を浴びせる程の手練れはいない……」

加納は眉をひそめた。

「ならば、此度の一件、得体《えたい》の知れぬ忍びの者が潜んでいるかもしれませんか……」

連也斉は、厳しさを滲ませた。

燭台に明かりが灯された。

「佐助……」

甲賀忍び総師の夢幻の声が響いた。

「はっ……」

佐助が現れ、平伏した。

甲賀忍び総師の夢幻が、上段の間に浮かび上がった。

「呑竜、戻ったか……」

夢幻は、佐助に尋ねた。

「未だにございます」

「未だ……」

夢幻は眉をひそめた。

「はい。それ故、配下の者を水戸藩江戸下屋敷に走らせました。そろそろ戻るかと……」

「そうか……」

「夢幻さま……」

「うむ。おそらく呑竜、相州五郎正宗を取り戻すのに失敗したのであろう」

夢幻は、冷徹《れいてつ》に事態を読んだ。

「ですが、呑竜どのを斃すほどの手練れ、水戸藩にはいない筈……」

「秩父のはぐれ忍びの日暮左近なる者か、それとも水戸藩御側衆の加納行部、新手の忍びの者を呼んだのか……」

「新手の忍びの者……」

佐助は眉をひそめた。

「佐助さま……」

板戸の向こうから配下の忍びの声がした。

「如何であった……」

「はっ。向島の水戸藩江戸下屋敷、何事もなかったかのように鎮《しず》まり、厳しい警護がされておりました」

「そうか。退《さ》がるが良い……」

「はっ……」

板戸の向こうの忍びの気配が消えた。

「夢幻さま……」

佐助は、厳しさを滲ませた。

「うむ。おそらく加納行部が新たに呼んだ忍びの者の仕業であろう」

夢幻は、微かな怒りを過《よ》ぎらせた。

「何処の忍びの者でしょう」

「佐助、隻竜を呼べ……」

夢幻は命じた。


江戸湊の潮騒《しおさい》が響き、鉄砲洲波除稲荷の赤い幟旗は夜風に揺れていた。

左近は、八丁堀に架かる稲荷《いなり》橋を渡り、公事宿『巴屋』の寮に戻って来た。

寮には、微かな人の気配がした。

誰かがいる……。

左近は、寮の裏の板壁の隠し戸を開けて忍び込んだ。

裏の隠し戸は、座敷の押入れの縁の下に続いている。

左近は、座敷の押入れから座敷に忍んだ。そして、己の気配を消して居間を窺った。

居間には陽炎がいた。

陽炎……。

左近は見定めた。

陽炎は、水戸藩御側衆の加納行部に呼ばれて江戸に来たのだ。

左近は読み、居間に入った。

「左近……」

陽炎は、左近を見て微かな安堵を浮かべた。

「陽炎、水戸藩御側衆の加納行部に呼ばれて来たか……」

「うむ。甲賀忍びが相州五郎正宗を奪い返そうとしているとな……」

陽炎は眉をひそめた。

「それで、相州五郎正宗を甲賀忍びから護れか……」

左近は、加納行部の指図を読んだ。

「うむ。甲賀忍びから相州五郎正宗を護れば、秩父忍びを水戸藩お抱えの忍びに推挙するとな。水戸藩お抱えの忍びとなれば、秩父忍びの道統は守られる……」

陽炎の顔には、喜びと困惑が入り混じっていた。

「陽炎、水戸藩御側衆加納行部は、木曾忍びを新たに招いた」

左近は、落ち着いた声音で告げた。

「木曾忍びを……」

陽炎は、戸惑いを浮かべた。

「うむ。木曾忍び、今夜、相州五郎正宗を奪わんとした甲賀忍びの者共を皆殺しにした」

左近は告げた。

「皆殺し……」

陽炎は眉をひそめた。

「うむ。そして、相州五郎正宗を奪い返そうとする甲賀忍びを討ち滅ぼす企てだ」

「甲賀忍びを討ち滅ぼす……」

「どうやって……」

「秩父忍びを餌にして……」

「我らを餌に……」

「うむ。秩父忍びに相州五郎正宗を護らせて、甲賀忍びに襲わせ、殺し合いをさせて木曾忍びに後始末をさせる……」

「そんな……」

陽炎は動揺した。

「だが、そいつが加納行部の企てだ」

左近は、冷たく云い放った。

陽炎は困惑した。

「陽炎、相州五郎正宗の一件、最早秩父忍びの手に余る。早々に手を引け……」

「それは出来ぬ……」

「陽炎……」

「手を引けば、秩父忍びは甲賀忍びに尻尾を巻き、闘わずに巣穴に隠れたと、諸国の忍びの笑い者になり、二度と立ち上がれぬ」

陽炎は、左近に訴えた。

「だが、加納行部の企てに乗れば、陽炎、お前は云う迄もなく、小平太、猿若、烏坊たちも只では済まぬ……」

「それはならぬ。私はどうなろうとも、小平太、猿若、烏坊は、秩父忍びの道統を継ぐ者たち。その身に何かあってはならぬ……」

陽炎は混乱した。

「陽炎……」

「左近、どうすれば良い。私はどうすれば良いのだ……」

陽炎の声に涙が滲んだ。

「ならば陽炎、俺が一緒に行こう……」

「えっ……」

陽炎は、戸惑いを浮かべた。

「俺も秩父忍びとして、陽炎と一緒に加納行部の許に行こう」

「左近……」

陽炎は、嬉しさに顔を輝かせた。

「それ故、小平太、猿若、烏坊は秩父に帰し、護りを固めさせろ」

左近は命じた。

「心得た」

陽炎は頷いた。

「甲賀忍びに木曾忍び、相手にとって不足はない……」

左近は、不敵な笑みを浮かべた。

隅田川からの川風は、向島の桜並木の緑の葉を揺らしていた。

水戸藩江戸下屋敷は表門を閉めていた。

左近と陽炎は、水戸藩江戸下屋敷の門前に立った。

「木曾忍びの結界は張られていないな……」

陽炎は囁いた。

「だが、隠居の宗斉のいる奥御殿は木曾忍びの結界に護られている筈だ」

左近は苦笑した。

「うむ……」

陽炎は、緊張した面持《おもも》ちで頷いた。


左近と陽炎は、御側衆加納行部の用部屋に通された。

「参ったか、陽炎……」

加納は、薄笑いを浮かべた。

「はい。お報せを戴《いただ》き、直ぐに……」

陽炎は微笑んだ。

「うむ。して……」

加納は、左近に厳しい眼を向けた。

「はい。秩父忍びの影森《かげもり》左近にございます」

陽炎は、左近を引き合わせた。

左近は、加納を見据えて頭を下げた。

「影森左近か……」

加納は、左近を見詰めた。

「秩父忍びの手練れにございます」

「そうか。ならば、働いて貰おう……」

加納は頷き、陽炎と左近に一緒に来るように命じた。


奥御殿には庭があり、築山《つきやま》、泉水、四阿《あずまや》などがあり、隅に渡り廊下で繋がれた離れ家があった。

隠居の宗斉は、呑竜に襲われて以来、離れ家で暮らしていた。

加納行部は、陽炎と左近を連れて渡り廊下を離れ家に向かった。

左近と陽炎は、それとなく庭を窺った。

庭の各所に忍びの者が忍んでいた。

木曾忍び……。

左近と陽炎は見定めた。

離れ家の座敷の前には、二人の近習《きんじゅう》が座っていた。

加納は、陽炎と左近に座敷の前に控えるように促した。

「御隠居さま、加納行部にございます」

加納は座敷に告げた。

「うむ。障子を開けるが良い……」

座敷から嗄《しゃが》れ声がした。

近習の家来が、座敷の障子を開けた。

座敷の奥に隠居の宗斉がいた。

「御隠居さま、秩父忍びの者共にございます」

加納は、平伏した陽炎と左近を宗斉に引き合わせた。

「うむ……」

隠居の宗斉は、平伏した陽炎と左近を一瞥《いちべつ》もせず鷹揚《おうよう》に頷いた。

陽炎と左近は平伏し続けた。

近習が障子を閉めた。

加納は、陽炎と左近を促して座敷の前から離れた。

「して加納さま、相州五郎正宗は、御隠居さまのお手許に……」

陽炎は尋ねた。

「左様。御隠居さま、片時も離さず、魅入《みい》っておられる」

加納は苦笑した。

「左様ですか……」

陽炎は頷いた。

「陽炎、どう護る……」

加納は、陽炎に試すかのような眼を向けた。

「はい。私は離れ家の隅、左近は外に忍んで護ります」

陽炎は告げた。

「うむ。それにしても、二人で大丈夫か……」

加納は眉をひそめた。

「そいつは、甲賀忍びが来れば分かる……」

左近は、無表情に告げた。

「そうか……」

加納は、影森左近に得体の知れぬ不気味さを感じた。

何《いず》れにしろ、先ずは秩父忍びと甲賀忍びに殺し合いをさせる。

加納は、冷徹に企てを進める事にした。

左近と陽炎は、水戸藩江戸下屋敷の離れ家にいる隠居の宗斉と相州五郎正宗の護りに就いた。


甲賀忍び三之組頭の隻竜は、左近に加えられた左肩の傷も癒《い》えた。

甲賀忍びの総帥夢幻は隻竜に、四之組頭の呑竜が滅び去った事を告げ、宗斉の許から相州五郎正宗を奪い取れと命じた。

今度こそは……。

隻竜は、配下の甲賀忍びの者たちに水戸藩江戸下屋敷を探るように命じ、向島に放った。

水戸藩江戸下屋敷の奥御殿は、左近と陽炎によって護られた。

木曾忍びの御館連也斉は、配下の忍びの者たちを奥御殿から退かせ、僅かに張っていた結界を解くように命じて見守った。

後は、甲賀忍びが相州五郎正宗を奪い取りに来るのを待つだけだ。

秩父忍びと甲賀忍びは殺し合い、木曾忍びが後始末をする……。

連也斉は、配下の木曾忍びの者を下屋敷の下男や中間《ちゆうげん》、家来に紛れさせて甲賀忍びの襲撃の時を待った。


甲賀忍び三之組頭の隻竜は、配下の忍びの者たちに水戸藩江戸下屋敷を調べさせた。

忍び口は真裏にある常泉寺か……。

隻竜は、葬られた四之組の頭の呑竜と同じ常泉寺に眼を付けた。

だが、忍びの者なら誰しも真裏の常泉寺を忍び口にする筈だ。

おそらく、呑竜もそうした筈だ。

隠居の宗斉と相州五郎正宗を護る忍びも常泉寺を忍び口と睨み、江戸下屋敷の真裏の警戒を厳しくしている筈だ。

結界を張っての警戒だけではなく、罠も仕掛けられているかもしれない。
隻竜は読んだ。
忍び口は、別の方が良いのかもしれない。
隻竜は眉をひそめた。
隠居の宗斉と相州五郎正宗は、何処の忍びに護られているのか……。
秩父忍びか、それとも新手の忍びか……。
今、秩父忍びは護りを固め、江戸に出て来る余裕はない筈だ。
となると、新手の忍びの一党だ。
隻竜は睨んだ。
何れにしろ、水戸藩江戸下屋敷に忍び込めば分かる事だ。
隻竜は、向島にある水戸藩江戸下屋敷の攻め方を錬《ね》った。

二

相州五郎正宗を狙う甲賀忍びの者は、次も真裏の常泉寺から水戸藩江戸下屋敷に侵入するのか……。

左近は読んだ。

常泉寺からの侵入は、水戸藩江戸下屋敷の奥御殿や庭、離れ家に近く、何事にも都合が良い。

だが、甲賀忍びは、隠居の宗斉が奥御殿の奥座敷から庭の離れ家に居を移した事、木曾忍びが新たに雇われたのを知っているのか……。

奥御殿に忍び込む為の物《もの》の怪《け》騒ぎは、普通の武士や小者《こもの》に通用しても忍びの者には通用しない。

忍びの者を引き寄せるには、それなりの覚悟が必要なのだ。

左近は読んだ。

甲賀忍びは、呑竜と同じに裏の常泉寺から忍び込むだろう。

ならば、常泉寺に続く庭に厳しい結界を張れば、甲賀忍びは結界の張られていない正面から忍び込む。

いや、正面から忍び込ませ、木曾忍びと激突させなければならないのだ。

よし……。

左近は、陽炎と相談し、水戸藩江戸下屋敷と常泉寺の間に厳しい結界を張った。

隻竜は、常泉寺に忍び、水戸藩江戸下屋敷の裏手に忍びの厳しい結界が張られているのを知った。

やはり、常泉寺を忍び口にするのは難しいのだ。そして、表門のある正面に、忍びの結界が張られていないのに気が付いた。

忍び込むのは正面からか……。

正面から忍び込み、表御殿から一気に奥御殿に走る。そして、奥御殿にいる隠居の宗斉を見付け出し、手許にある筈の相州五郎正宗を奪い取る。

裏の常泉寺の結界を破る為の闘いより、結界の張られていない正面から侵入し、奥御殿に出来るだけ近付いた方が得策なのに決まっている。

隻竜は思案した。

夜風は隅田川を吹き抜け、向島の土手道の桜並木の葉を揺らしていた。

水戸藩江戸下屋敷は、夜の闇と静寂に覆われていた

隻竜は常泉寺に再び廻り、境内から水戸藩江戸下屋敷を窺った。

常泉寺の境内と水戸藩江戸下屋敷の間の土塀には、やはり忍びの者の結界が張られていた。

しかし、結界には、処々《ところどころ》に切れ目が見受けられた。

切れ目から忍び込むか……。

だが、切れ目の奥に何が潜んでいるのかは分からない。

誘い……。

隻竜は、結界の切れ目を罠に陥《おとしい》れる誘いだと読んだ。

得体の知れぬ結界……。

下手に忍び込めば、どのような攻撃に晒されるか分からない。

隻竜は、裏の常泉寺からの攻撃を諦《あきら》め、正面に向かった。

常泉寺と下屋敷の間の土塀の闇が揺れ、左近が現れた。

やはり甲賀忍び三之組頭の隻竜は現れた。

隻竜は、裏の結界の切れ目が左近一人の手薄さに過ぎないのを、罠の仕掛けと睨んだようだ。

左近は、隻竜の慎重さに助けられたのを苦笑した。

隻竜は、水戸藩江戸下屋敷を見上げる片眼を光らせた。

水戸藩江戸下屋敷は表門を閉じている。

隻竜は地を蹴り、表門の屋根に跳んだ。

甲賀忍びの者たちが斜面から土手道に現れ、一斉に水戸藩江戸下屋敷に駆け寄り、土塀の上に跳んだ。

水戸藩江戸下屋敷内では、家来たちが警備し、見廻りをしているだけだった。

警備の家来たちを蹴散らし、表御殿を一気に駆け抜けて奥御殿に行く。そして、結界を張っている新手の忍びの者を叩き、隠居の宗斉を押さえて相州五郎正宗を奪う。

隻竜は、表門の屋根から下屋敷内に大きく跳んだ。

配下の甲賀忍びたちは、一斉に土塀から下屋敷内に跳び下り、奥御殿に向かって走り出した。

燭台の炎が揺れた。

木曾忍びの御館連也斉は、甲賀忍びが忍び込んだのに気が付いた。

来たか……。

連也斉は、冷徹な笑みを浮かべた。

木曾忍びの白虎が現れた。

「御館さま、甲賀忍びの者共が……」

「うむ。白虎、秩父忍びはどうした」

「いえ。甲賀忍び、表門から押し入りました」

白虎は告げた。

「何、表門から……」

連也斉は眉をひそめた。

「はい。そして、表御殿から奥御殿に一気に駆け抜けようとしています」

「表から奥御殿に行かせてはならぬ。白虎、甲賀忍びを討ち果たせ……」

連也斉は命じた。

「心得ました……」

白虎は退がった。

「おのれ……」

連也斉は、冷酷な笑みを浮かべた。

甲賀忍びの者たちは、警備の家来たちを蹴散らして奥御殿に向かって走った。

手裏剣が飛来した。

甲賀忍びの者の一人が、弾かれたように斃れた。だが、他の甲賀忍びの者たちは構わず走った。

木曾忍びの者たちが現れ、甲賀忍びの者たちに襲い掛かった。


表御殿の屋根に忍んだ木曾忍びの者が、続けて手裏剣を投げようとした。

刹那、隻竜が現れて千鳥鉄《ちどりがね》の分銅を放った。

分銅は鎖を伸ばし、木曾忍びの者を弾き飛ばした。

木曾忍びは、血を振り撒いて倒れた。

隻竜は、倒れた木曾忍びの者の首に千鳥鉄の鎖を巻いた。

「何処の忍びだ……」

隻竜は、木曾忍びの者の首を鎖で絞めた。

「き、木曾忍びだ……」

木曾忍びの者は、苦しく踠《もが》きながら嗄れ声を引き攣らせた。

「木曾忍び……」

隻竜は眉をひそめた。

木曾忍びは、表門一帯に結界を張らず、下屋敷内に潜んでいたのだ。

次の瞬間、手裏剣が飛来した。

隻竜は、咄嗟に躱《かわ》した。

手裏剣は、隻竜の身体を掠《かす》めて踠《もが》く木曾忍びの胸に突き刺さった。

隻竜は、素早く立ち上がって両手に千鳥鉄を構えた。

木曾忍びの者たちが現れ、隻竜に殺到した。

隻竜は、両手の千鳥鉄の分銅を飛ばし、木曾忍びたちを叩き伏せた。

血が飛んだ。


甲賀忍びと木曾忍びは、水戸藩江戸下屋敷の表御殿と大屋根で殺し合った。

殺し合え……。

左近は、奥御殿の屋根の上から眺めた。

「左近……」

陽炎が現れた。

「甲賀忍び、裏の結界を恐れ、表から攻め込んだようだ」

左近は苦笑した。

「狙い通りか……」

陽炎は、左近の腹の内を読んだ。

「陽炎、離れ家に戻れ」

「うむ。心得た」

陽炎は頷き、奥御殿の屋根から離れ家に戻って行った。

左近は、冷徹な眼で甲賀忍びと木曾忍びの殺し合いを見守った。

隻竜は、表御殿の屋根で木曾忍びと闘いながら奥御殿に近付いて来ていた。

隻竜……。

左近は、冷笑を浮かべた。


甲賀忍びの者たちは、木曾忍びの者を斃しながら表御殿から奥御殿に進んだ。

木曾忍びの白虎が、甲賀忍びの行く手に現れた。

甲賀忍びの者たちは、白虎に次々と手裏剣を放った。

白虎は、己に飛来する手裏剣を両手の鋼の手甲《てっこう》で払い落とした。

甲賀忍びの者は、忍び刀を抜き放って白虎に殺到した。

白虎は、両刃の手斧を両手に握り、刃風を唸らせた。

甲賀忍びの者が弾き飛ばされ、血を振り撒いた。

白虎は、両手の手斧を自在に操り、襲い掛かる甲賀忍びの者たちを断ち斬り、殴り、砕き斃した。

甲賀忍びの者は怯んだ。

白虎は、返り血を浴びながら両手の手斧を振るった。

甲賀忍びの者は斃れた。

白虎は押した。

木曾忍びの者が続いた。


左近は、表御殿で木曾忍びの者と甲賀忍びが闘っているのに気が付いた。

何者だ……。

左近は、手斧を両手に握って闘う木曾忍びの者に気が付いた。

木曾忍びの者は、両刃の手斧で甲賀忍びの者を次々に斃していた。

強い……。

左近は、両刃の手斧を唸らせる木曾忍びの者を見守った。

何れは闘わなければならない……。

左近の勘が囁いた。

雙竜は、木曾忍びの者を千鳥鉄の分銅で殴り、叩き伏せ、弾き飛ばした。

左近は、身を隠して見守った。


雙竜は闘った。

木曾忍びの者は退いた。

雙竜は、小さな吐息を洩らし、乱れた息を整えた。

表御殿と奥御殿の間では、甲賀忍びの者が木曾忍びの者に押し戻されていた。

此迄か……。

雙竜は、情況を読んだ。

水戸藩は、新手の忍びとして木曾忍びを招いていた。

甲賀忍びの総帥夢幻さまに報せなければならない……。

雙竜は、指笛を甲高く短く吹き鳴らし、闘う甲賀忍びと木曾忍びの間に幾つかの煙玉を投げ込んだ。

煙玉は次々と破裂した。

白煙が噴き出し、一帯を覆い隠した。

隻竜は、奥御殿の屋根の南に走り、その端を蹴って夜空に大きく跳んだ。
左近は、物陰から出て走った。
そして、左近が奥御殿の屋根の南の端に着いた時、水に飛び込む音が聞こえた。
水戸藩江戸下屋敷の南側には、隅田川に続く源森川が流れている。
左近は、奥御殿の屋根の南端から源森川を見下ろした。
水飛沫は収まり、波紋が広がっていた。
隻竜は逃げた。
左近は見届けた。

木曾忍びの御館連也斉は、退き上げる甲賀忍びの者を秘かに追わせた。
甲賀忍びの者たちは、傷付いた身体を引き摺《ず》って駒込の甲然寺に戻った。
追った木曾忍びは、甲賀忍びの者たちが甲然寺に入るのを見届けて踵《きびす》を返した。
刹那、現れた隻竜が、木曾忍びに苦無《くない》を叩き込んだ。
木曾忍びの者は、眼を剝《む》いて崩れ落ちた。

睨み通りだ……。

隻竜は嘲笑を浮かべ、配下の甲賀忍びに木曾忍びの者の死体を片付けさせた。

甲然寺に張り巡らされた結界は厳しくなり、夜の闇に沈んだ。

僅かな刻が過ぎた。

木曾忍びの者は見定め、雑木林から静かに身を翻した。

後を追って来た木曾忍びの者は、一人ではなかった。

御館連也斉は、二人の木曾忍びの者を別々に放っていたのだ。

甲賀忍びの根城の駒込甲然寺は、木曾忍びの者に突き止められた。

木曾忍びは、夜の闇の中を向島の水戸藩江戸下屋敷に走った。

甲然寺門前の雑木林は、夜風に梢《こずえ》を鳴らした。


水戸藩御側衆加納行部は、陽炎と左近に木曾忍びの御館連也斉を引き合わせた。

「秩父忍びの陽炎どのと影森左近どのか……」

連也斉は、陽炎と左近に感心した眼を向けた。

「はい。木曾忍びの御館連也斉どの……」

陽炎は頷いた。

左近は、黙ったまま微かに頭を下げた。

連也斉は、黙っている左近に云い知れぬ威圧を感じた。

威圧は、多くの修羅場《しゅらば》を歩んで来た証だ。

連也斉は、左近にそれを感じた。

甲賀忍びは、左近の張る裏の結界を恐れて正面から忍び込んだ。

それは、単に正面に結界が張られていなかったからではなかったのだ。

甲賀忍びの者は、秩父忍び影森左近の恐ろしさを知っているのだ。

連也斉は読んだ。

「して加納さま、此《これ》から如何致しますか……」

陽炎は尋ねた。

「うむ。秩父忍びには引き続き、御隠居さまと相州五郎正宗を護って貰う。で、木曾忍びは……」

加納は、連也斉に冷徹な眼を向けた。

「我らは甲賀忍びを叩く……」

連也斉は、冷徹に云い放った。

「甲賀忍びの居所、ご存知か……」

陽炎は尋ねた。

「駒込は甲然寺。既に配下の者が突き止めた」

連也斉は、薄笑いを浮かべた。

左近は気が付いた。

連也斉は、退き上げる甲賀忍びの者を配下の木曾忍びに追わせたのだ。

「して、いつ……」

加納は訊いた。

「夜明け……」

連也斉は、嘲笑を浮かべた。

「相州五郎正宗を奪い返すのに失敗し、態勢を立て直す前に叩きますか……」

陽炎は読んだ。

「如何《いか》にも……」

連也斉は頷いた。

「鉄は熱い内に打つか……」

左近は苦笑した。

燭台の火は揺れた。

「木曾忍び……」

甲賀忍びの総帥夢幻は眉をひそめた。

「はい。水戸藩江戸下屋敷には木曾忍びの者共が潜んでおりました」

隻竜は、悔しげに告げた。

「そうか。水戸藩の新手の忍びは木曾忍びだったか……」

夢幻は、微かな怒りを過ぎらせた。

「はい。それ故……」

「隠居宗斉の手許にある相州五郎正宗を奪えなかったと申すか……」

夢幻は、嘲りを浮かべた。

「既に覚悟は出来ております……」

隻竜は項垂《うなだ》れた。

「隻竜、退き上げげに手抜かりはなかっただろうな……」

「はい。後を追って来た木曾忍びは始末致しました」

隻竜は告げた。

「よし。ならば隻竜、手傷を負った者共を引き取らせ、三之組を立て直すのだ」

夢幻は命じた。

「夢幻さま……」

隻竜は、戸惑いを浮かべた。

「隻竜、此が最後だ……」

夢幻は、冷ややかに告げた。

「ははっ……」

隻竜は平伏した。

「ならば、退がれ……」

隻竜は、座敷から出て行った。

燭台の火は瞬《またた》き始めた。

「佐助……」

夢幻は、暗がりに声を掛けた。

暗がりに佐助が現れた。

「木曾忍び、どう出るかな……」

「おそらく、夜明けには押し寄せて来るものかと……」

佐助は告げた。

「ならば、此処を引き払うか……」

夢幻は笑った。

「はい。既に潮時かと。ですが、引き払うのなら……」

佐助は、狡猾《こうかつ》な笑みを浮かべた。

「木曾忍びを道連れにするか……」

夢幻は読んだ。

「それが上策《じょうさく》かと……」

「よし。あの世への道案内は、隻竜にさせる」

夢幻は、酷薄に告げた。

「それが良いかと……」

佐助は頷いた。

「佐助、後は任せた……」

夢幻は笑った。

燭台の火は消えた。


水戸藩江戸下屋敷は、深い眠りに落ちていた。

木曾忍びの御館連也斉は、頭の白虎に甲賀忍びの潜む駒込甲然寺を襲うように命じた。

白虎は、配下の木曾忍びの者を率いて水戸藩江戸下屋敷を出て駒込に向かった。

行き先は、駒込の甲然寺……。

左近と陽炎は、奥御殿の屋根の上から出掛ける白虎たちを見ていた。

「どうする……」

「追って首尾《しゅび》を見定める……」

左近は、楽しげに笑った。

「だが、相手は甲賀忍びの総帥夢幻。易々《やすやす》と討たれはしまい……」

陽炎は読んだ。

「うむ。じゃあな……」

左近は、奥御殿の屋根から怪《け》鳥《ちょう》のように大きく飛んだ。

三

駒込の甲然寺は雑木林に囲まれ、山門に続く長い参道がある。

木曾忍びの白虎は、配下の忍びの者を率いて参道の前に立った。

配下の忍びの者が駆け寄った。

「結界は……」

白虎は尋ねた。

「甲然寺を囲む雑木林に……」

「よし。結界を張っている甲賀の者共を始末しろ。俺はその隙を突いて甲然寺に忍び、夢幻たちを斃す」

白虎は、配下の木曾忍びの者たちに告げた。

木曾忍びの者たちは頷いた。

「よし。行け……」

白虎は命じた。

木曾忍びの者たちは、雑木林に駆け込んだ。

白虎は見守った。

雑木林の各所から殺気が湧き上がり、血の臭いが流れた。

よし……。

白虎は、甲然寺の山門に続く長い参道に走り込んだ。

白虎は、山門に向かって長い参道を走った。

両側の雑木林から参道に撒き菱が撒かれた。

白虎は、咄嗟に撒き菱の上を跳び越えた。

甲賀忍びの者が現れ、着地した白虎に襲い掛かった。

白虎は、両刃の手斧を唸らせた。

甲賀忍びの者は、叩き伏せられて血を流した。

白虎は走った。

雑木林から手裏剣が飛来した。

白虎は、鋼の手甲で叩き落とし、地を蹴って甲然寺の山門の上に跳んだ。

山門の上に甲賀忍びが現れ、跳んで来る白虎を迎えて忍び刀を抜いた。

白虎は、手斧を投げた。

手斧は回転し、甲賀忍びの胸に食い込んだ。

甲賀忍びは崩れた。

白虎は山門の上に着地し、倒れた甲賀忍びの胸から手斧を抜き、甲然寺の境内に大きく跳んだ。

甲然寺を囲む雑木林では、結界を護ろうとする甲賀忍びと、破ろうとする木曾忍びの殺し合いが続いた。

左近は、殺し合いの続く雑木林を駆け抜けて甲然寺の土塀の上に跳んだ。

甲然寺の境内では、白虎が襲い掛かる甲賀忍びの者を斃して本堂に向かっていた。

左近は、土塀の上に伏せて見守った。

白虎は、手斧を力強く振り下ろした。

手斧は、頭上に構えた忍び刀を両断し、甲賀忍びの者の頭を割った。

甲賀忍びの者は、潰れるように崩れた。

白虎は、血の滴る手斧を握り締めて本堂の階《きざはし》を駆け上がった。

境内には、結界を破った木曾忍びの者たちが次々に乱入して来た。

甲賀忍びの者たちは迎え撃った。

本堂に踏み込んだ白虎は、襲い掛かる甲賀忍びを押さえ込んだ。

「甲賀忍びの総帥夢幻は何処にいる」

白虎は訊いた。

「し、知らぬ……」

甲賀忍びの者は踠いた。

白虎は、踠く甲賀忍びの者を手斧で殴った。

甲賀忍びの者は、血反吐《ちへど》を吐いて斃れた。

白虎は、襲い掛かる甲賀忍びの者たちを斃し、総帥夢幻を捜して甲然寺の奥に進んだ。


板の間の板戸は開け放たれ、中には誰もいなかった。

白虎は、開け放たれた板戸の一つから板の間に踏み込んだ。

床板が微かに軋んだ。

刹那、板の間の板戸が次々に閉まった。

白虎に飛び出す暇はなかった。

板の間は静けさに満ちた。

白虎は、閉められた板戸を開けようとした。だが、板戸は毛筋《けすじ》程も動かなかった。

閉じ込められた……。

白虎は、板戸が閉められて薄暗くなった板の間を窺った。

奥の壁が動いた。

白虎は身構えた。

甲賀忍びの隻竜が、動いた壁から現れた。

「木曾忍びか……」

隻竜は、白虎を見据えた。

「白虎。お前は……」

「甲賀の隻竜……」

隻竜は、名乗ると同時に手裏剣を連射した。

白虎は、連射された手裏剣を次々に手斧で弾き飛ばした。

次の瞬間、隻竜は跳んで白虎に千鳥鉄の分銅を放った。

分銅は鎖を伸ばし、唸りを上げて白虎に迫った。

白虎は、咄嗟に手斧を振るった。

手斧は分銅を打ち払ったが、伸びた鎖が絡み付いた。

隻竜は、千鳥鉄の鎖を引いた。

白虎の手斧は、動きを封じられた。

隻竜は、もう一つの千鳥鉄の分銅を放った。

分銅は鎖を伸ばし、白虎の顔面に唸りを上げて飛んだ。

白虎は、咄嗟に鎖に絡まれた手斧を隻竜に投げ付け、体勢を崩しながら飛来する分銅を躱した。

隻竜は、投げ付けられた手斧を躱し、体勢を崩した白虎に忍び刀を抜いて跳び掛かった。

白虎は、残る手斧を横薙ぎに払った。

手斧は唸りを上げた。

隻竜は、咄嗟に跳び退いた。

白虎は跳ね起きた。

隻竜と白虎は対峙した。

板の間の奥の壁が動き、ゆっくりと前に進み始めた。

壁の進む板の間は狭くなり、隻竜と白虎の間合いは迫った。

隻竜と白虎は、忍び刀と手斧を構えて睨み合った。

壁は前に進み続け、板の間は尚も狭くなり続けた。

隻竜と白虎は、狭くなった板の間で忍び刀と手斧を突き付け合った。

「どうやら、甲賀の夢幻は、隻竜、お前に俺を道連れに死ねと云っているようだな」

白虎は読んだ。

「だったら、どうした……」

隻竜は、衝き上がる動揺を懸命に隠した。

「哀れなものだ……」

白虎は苦笑した。

「黙れ……」

隻竜は、猛然と白虎に斬り付けた。

白虎は、手斧で隻竜の刀を受け止め、鋭い蹴りを放った。

狭くなった板の間で隻竜に躱す処《ところ》はなかった。

白虎の蹴りは、隻竜を壁に叩きつけた。

隻竜は、壁に叩きつけられて僅かによろめいた。

刹那、白虎は手斧を鋭く振り下ろした。

隻竜は、額を斬り割られて血を飛ばした。そして、驚いたように眼を瞠り、壁伝いに沈んで斃れた。

甲賀忍び三之組頭の隻竜は滅びた。

白虎は嘲笑した。

次の瞬間、迫る壁から火が噴いた。

狭くなった板の間は、一瞬にして火に満ち溢れた。

白虎は、閉められた板戸に手斧を振るった。

手斧は、板戸の板に僅かに食い込んだ。

板戸の板は分厚かった。

炎は斃れた隻竜を包んで燃え盛り、白虎に迫った。

白虎は、板戸に手斧を振るった。

板戸の分厚い板は割れ、砕け始めた。

白虎は、砕けた分厚い板を蹴飛ばした。

板戸の分厚い板は、砕け散った。

炎は、渦を巻いて激しく燃え上がった。

白虎は、炎に包まれている隻竜を一瞥し、激しく燃え盛る板の間から出た。
白虎は、燃え盛る板の間から廊下に出た。
刹那、背後に現れた老婆が白虎に抱き付いた。
白虎は振り返り、己の背を見た。
背には、老婆の握る苦無が突き立てられていた。
「死ね……」
老婆は、甲賀忍びのくノ一おときだった。
くノ一のおときは、白虎の背に突き刺した苦無を抉《えぐ》った。
「お、おのれ……」
白虎は、顔を苦痛に歪めておときを殴り飛ばした。
おときは殴られ、燃え盛る板の間の中に飛ばされた。
火は、渦を巻いて燃え上がった。
おときは、燃え盛る火の中で動かなかった。
白虎は逃げようとした。だが、苦無で抉られた背の傷は、それを許さなかった。
白虎は蹲《うずくま》り、必死に這《は》って炎から逃れようとした。

背の傷から血が溢れ、燃え上がる火は白虎を覆い始めた。
白虎は、燃える炎に全身を覆われながらも這い、止まった。
火は燃え盛り、甲賀忍びや木曾忍びの斃れている甲然寺の中に広がり始めた。
燃える炎の中から、小柄な甲賀忍びの者が現れた。
佐助だった。
佐助は、燃え盛る板の間の木曾忍びの白虎とおとき、そして隻竜を眺めた。
甲賀忍び三之組頭の隻竜とおときは、木曾忍びの頭白虎を葬って滅び去った。
一番の手柄だ……。
佐助は冷酷に笑った。
燃える火の中に人影が過ぎった。
誰だ……。
佐助は身構えた。
人影は、燃える火の中に消え去った。
夜は明けていた。
左近は、甲然寺の燃える本堂を出た。

隻竜と白虎は滅んだ。

そして、板の間に火を放った小柄な忍びの者は何者なのか……。

小柄な忍びの者は、隻竜と白虎の死を笑みを浮かべて見守った。

そこには、哀れみはなく冷酷さと残忍さしか窺えなかった。

小柄な忍びの者は、甲賀の者でも木曾の者でもないのか……。

左近は戸惑った。

何れにしろ、秩父忍びの敵であるのは間違いない。

甲然寺から炎が溢れ出した。

左近は、甲然寺の山門を出て雑木林の間の参道を走った。

雑木林には朝陽が差し込み、小鳥の囀りが響き始めた。


「そうか、隻竜は死んだか……」

陽炎は、刀の鍔《つば》で片眼を隠した隻竜を思い浮かべた。

「くノ一のおときもな……」

左近は告げた。

「おときも……」

「隻竜を斃した白虎を刺し殺してな」

「そうか……」

「うむ。そして、甲然寺は燃えた」

「甲賀忍びの痕跡を焼き尽くしたか……」

陽炎は睨んだ。

「うむ。甲賀と木曾の忍びの死体もな……」

「何もかも灰になったか……」

「だが、得体の知れぬ忍びが一人いた」

左近は告げた。

「得体の知れぬ忍び……」

陽炎は眉をひそめた。

「ああ、隻竜と白虎を闘わせ、火を放った小柄な忍びの者だ」

「ならば甲賀と木曾の敵か……」

陽炎は、微かな笑みを浮かべた。

「かもしれないが、かといって秩父忍びの味方とは思えぬ……」

左近は、厳しさを滲ませた。

「そうか……」

「何れにしろ、甲賀忍びの総帥夢幻と木曾忍びの御館連也斉が無事でいる限り、相州五郎正宗の奪い合い、殺し合いは続く……」

左近は読んだ。

「うむ……」

陽炎は頷いた。

「甲賀が水戸藩江戸下屋敷を攻め、木曾が甲然寺を襲う。次はどちらがどう仕掛けるか……」

左近は苦笑した。


「隻竜は木曾の白虎に斃され、おときが白虎と刺し違えたか……」

甲賀忍びの総帥夢幻は苦笑した。

「はい。放った火は甲賀と木曾の忍びの亡骸を焼き尽くし、我らの痕跡は何一つ残らぬでしょう」

佐助は告げた。

「うむ……」

夢幻は頷いた。

「それから夢幻さま……」

佐助は眉をひそめた。

「どうした……」

「燃える火の中に甲賀でも木曾でもないと思われる者がおりました」

「甲賀でも木曾でもないだと……」

夢幻は眉をひそめた。

「はい。その様子と身のこなし、忍びの者に相違ないのですが……」

佐助は首を捻《ひね》った。

「佐助。おそらくその忍びの者、日暮左近かもしれぬ……」

夢幻は読んだ。

「日暮左近とは、二之組頭の双竜どのを斃し、隻竜に手傷を負わせ、秩父から追い払った者ですな……」

「如何にも。日暮左近、木曾忍びの甲然寺襲撃の首尾を見届けに来ていたのだろう」

「日暮左近……」

佐助は呟いた。

水戸藩江戸下屋敷は、甲賀忍びの襲撃などなかったかのような静けさに覆われていた。

木曾忍びの御館連也斉は、配下の忍びの者に結界を張らせていた。

結界は裏の常泉寺にも張り巡らされ、秩父忍びの陽炎と左近は離れ家の隠居宗斉と相州五郎正宗を護っていた。

「そうか、白虎は下屋敷を襲った隻竜なる甲賀忍びを斃して滅んだか……」

水戸藩御側衆加納行部は、木曾忍びの御館連也斉から報された。

「うむ。して、甲然寺は燃え、甲賀忍びの総帥夢幻は姿を消した」

「夢幻が……」

加納は眉をひそめた。

「今、配下の忍びの者共に行方を追わせているが、ひょっとしたら深川は小名木川沿いの土浦藩江戸下屋敷に潜んだのかもしれぬ」

連也斉は読んだ。

「深川の土浦藩江戸下屋敷か……」

「うむ……」

「甲賀忍びの夢幻、相州五郎正宗を奪い返さんと、どのような手を打ってくるのか……」

加納は、夢幻の出方を読もうとした。

「待つ気か……」

連也斉は苦笑した。

「何……」

加納は、戸惑いを浮かべた。

「夢幻の居場所を突き止めれば、此方《こちら》から攻め込んでくれる」

連也斉は、不敵な笑みを浮かべた。


深川小名木川には、荷船の船頭の唄う歌が長閑に響いていた。

土浦藩江戸下屋敷は、南の土塀を小名木川に接して西に表門があった。そして、北側と東側には大名家の江戸下屋敷があった。

甲賀忍びの総帥夢幻は、土浦藩江戸下屋敷の表御殿の奥の内塀で区切られた重臣屋敷に入っていた。

「して、夢幻どの、此《こ》から如何致す」

土浦藩総目付の小笠原主水は、甲賀忍び総帥夢幻に出方を窺った。

「水戸藩隠居の宗斉の手許にある相州五郎正宗を何としてでも奪い返す迄……」

「だが、水戸には木曾忍びが……」

「打ち破る迄……」

「では……」

「既に配下の忍びの者たちを……」

甲賀夢幻は笑った。


水戸藩江戸下屋敷には、厳重な結界が張り巡らされていた。

結界は敵に対してのものであり、御用達《ごようたし》の商人たちはいつも通りに出入りしていた。

酒屋は何台もの大八車を裏門前に着け、人足や中間小者が賑やかに幾つもの酒樽を屋敷内に運び込んでいた。

酒樽の運び込みは半刻《はんとき》（一時間）程で終わり、御用達の酒屋は人足たちに空の大八車を引かせて帰って行った。

四半刻（三十分）が過ぎた。
表御殿の端にある炭小屋の板戸が開き、炭俵を担いだ下男が出て来た。
下男は辺りを見廻し、炭俵を担いで奥御殿に進んだ。

奥御殿には、内土塀が廻されている。
下男は、見廻りの家来たちに頭を下げて内土塀沿いを進み、奥御殿の御台所に続く木戸門を潜った。

奥御殿に奉公人は少なかった。
下男は、御台所脇の納屋に炭俵を入れ、鋭い眼差しで奥の庭を窺った。
奥の庭に人影はない。
下男は、酒屋の大八車を引いて来た人足の一人であり、甲賀忍びの者だった。

下男は、奥の庭に向かった。
奥の庭には、泉水、築山、四阿などがあるだけだった。
木曾忍びの結界は、裏の土塀の外にある常泉寺に張られている。

下男は、結界の裏を通って奥御殿に進んだ。

奥御殿には隠居の宗斉がおり、相州五郎正宗があるのだ。

下男は進んだ。

「何処に行く……」

男の声が背後からした。

下男は立ち止まり、懐の苦無を握り締めて男の声のした処を探した。

「甲賀忍びか……」

下男は、背後からの声に振り向き態《ざま》に苦無を一閃した。

刹那、背後にいた左近は、無明刀を真っ向から斬り下げた。

閃光が走った。

四

甲賀忍びの者は、酒問屋に雇われた人足に紛れて水戸藩江戸下屋敷に潜入し、相州五郎正宗を奪おうとした。

「結界を破っての力攻めではないのか……」

陽炎は、戸惑いを浮かべた。

「うむ。酒を運んで来た人足として紛れ込み、奥御殿に侵入して来たようだ」

左近は告げた。

「甲賀忍び、攻め方を変えたか……」

陽炎は読んだ。

「おそらくな……」

左近は頷いた。

「そうか。して、此の事、連也斉や加納行部に報せるのか……」

「勿論《もちろん》だ。連也斉に報せて甲賀忍びに報復させ、殺し合いを続けさせる……」

左近は、冷徹な笑みを浮かべた。

「左近……」

陽炎は眉をひそめた。


「そうか。甲賀忍び、人足に紛れて侵入して相州五郎正宗を狙ったか……」

木曾忍びの御館連也斉は、嘲りを浮かべた。

「うむ。甲賀夢幻、配下の忍びを潜り込ませ、相州五郎正宗は勿論、御隠居さまやおぬしの命を狙うだろう」

左近は告げた。

「御隠居さまや某《それがし》の命を……」

連也斉は苦笑した。

「うむ。おぬしの配下の木曾忍びを利用したり、裏切らせたりしてな」

左近は囁いた。

「木曾忍びを利用し、裏切らせる……」

連也斉は眉をひそめた。

そして、主だった配下の忍びの者の顔を思い浮かべた。

「うむ。忍びの者らしくな……」

左近は、連也斉を過ぎった微かな疑念を見逃さなかった。

「ま、呉々《くれぐれ》も油断されるな……」

左近は笑った。

深川小名木川に月影が映えた。

船行燈を消した猪牙舟は音もなく進み、土浦藩江戸下屋敷の南側の土塀の下に船縁を寄せた。

猪牙舟の船頭は、土浦藩江戸下屋敷の南側の土塀を見上げた。

南側の土塀に、甲賀忍びの結界が張られている気配はなかった。

船頭は、竹竿で船縁を小さく叩いた。

二人の木曾忍びの者が、船底の筵《むしろ》の下から現れた。

「どうだ……」

木曾忍びの者は訊いた。

「結界を張っている気配はない……」

船頭は告げた。

「ならば、甲賀の夢幻、此の下屋敷には潜んでいないか……」

木曾忍びの者は読んだ。

「それを見定めに来たのだ」

もう一人の木曾忍びの者は、鉤縄《かぎなわ》を使って土塀の上に上がった。

木曾忍びの者は続いた。

船頭は見送った。

二人の木曾忍びは、土塀から庭の植込みの陰に跳び下りた。

土蔵や厩《うまや》が並び、表御殿や奥御殿の内塀が続いていた。

二人の木曾忍びは、土蔵の陰から内塀沿いを窺った。

人影はなく、やはり甲賀忍びの結界は張られてはいなかった。

甲賀忍びの者や総帥の夢幻は、本当に土浦藩江戸下屋敷に潜んでいるのか……。

二人の木曾忍びは、警戒の緩さに微かな戸惑いを覚えた。

下屋敷内は静寂に満ちている。

二人の木曾忍びの者は、奥御殿に向かった。


小名木川の流れは緩やかだった。

船頭は、猪牙舟を土浦藩江戸下屋敷の南側の土塀の下に泊め、二人の木曾忍びの戻るのを待っていた。

南側の土塀には、相変わらず結界は張られていなかった。

船頭は、不意に殺気を感じて振り返った。

眼の前に弩《ど》の矢が迫っていた。

逃げる……。

船頭はそう思った。

刹那、弩の矢が喉を貫いた。

船頭は呻《うめ》き、ゆっくりと小名木川に落ちた。

水飛沫が僅かに上がった。

小名木川の対岸にある出羽《でわ》国山形《やまがた》藩江戸下屋敷の屋根の上に、弩を手にした甲賀忍びの者が現れた。

弩の矢で喉を射抜かれて死んだ船頭は、小名木川を大川に向かって流された。

甲賀忍びは、土浦藩江戸下屋敷に結界を張らず、外に結界を張っていたのだ。

猪牙舟は、船頭の死体を追って小名木川を大川に流れ始めた。


二人の木曾忍びの者は、内塀の外に忍んで奥御殿を窺った。

結界は張られておらず、忍びの者が潜んでいる気配もなかった。

やはり、甲賀忍びの総帥夢幻は、土浦藩江戸下屋敷にはいないのかもしれない。

二人の木曾忍びの者は、そう見定めようとした。

刹那、頭上から殺気が覆った。

二人の木曾忍びの者は、思わず頭上を見上げた。

甲賀忍びの者が、内塀の上から忍び刀を翳《かざ》して飛び掛かった。

二人の木曾忍びの者は狼狽《うろた》えた。

甲賀忍びの者たちが現れ、二人の木曾忍びの者に殺到した。

二人の木曾忍びは、忍び刀を抜く間もなく甲賀忍びの者たちの餌食になり、血に塗《まみ》れて崩れた。

「忍びがいつも結界を張ると思うな。愚か者が……」

佐助が現れ、血塗れになって斃れている二人の木曾忍びの者に嘲笑を浴びせた。


甲賀夢幻の所在を見定める……。

三人の配下の忍びの者は、土浦藩江戸下屋敷に行ったまま戻らなかった。

甲賀夢幻は、やはり土浦藩江戸下屋敷にいるのだ。

三人の配下が戻らないという事は、夢幻が土浦藩江戸下屋敷にいる証だ。

木曾連也斉は苦笑した。

よし……。

連也斉は、水戸藩御側衆の加納行部の許に向かった。

「何か……」

陽炎と左近は、水戸藩御側衆の加納行部に表御殿の用部屋に呼ばれた。

「うむ。御隠居さまが殿に招かれ、小石川の上屋敷に行く事になった」

「小石川の水戸藩江戸上屋敷に……」

陽炎は尋ねた。

「うむ。御隠居さまの駕籠《かご》は木曾の連也斉たちが護る。秩父忍びのおぬしたちは、相州五郎正宗を護って後に続いてくれ」

加納は告げた。

「我らが相州五郎正宗を……」

陽炎が眉をひそめた。

「如何《いか》にも……」

加納は頷いた。

「左近……」

陽炎は、背後にいる左近を振り向いた。

「いいだろう……」

左近は、小さな笑みを浮かべた。

「心得ました。相州五郎正宗、小石川の水戸藩江戸上屋敷にお届け致します」

陽炎は告げた。

「うむ……」

加納は頷いた。

左近は苦笑した。


「隠居の宗斉が上屋敷に行く……」

甲賀忍びの総帥夢幻は眉をひそめた。

「はい。木曾忍びに潜ませている手の者によりますと、隠居の宗斉、明日、上屋敷に行くそうです」

佐助は告げた。

「上屋敷に……」

「はい。藩主の治紀に招かれ、相州五郎正宗を披露しに……」

「ならば、隠居の宗斉、相州五郎正宗を持参するのだな」

「はい……」

佐助は頷いた。

「そうか……」

「向島からの道筋は、浅草、下谷《したや》を抜けるか、浅草から蔵前《くらまえ》、神田川沿いを行くか……」

佐助は、向島から小石川御門外の水戸藩江戸上屋敷迄の道筋を読み、襲撃する場所を決めようとした。

「佐助……」

「はい……」

「宗斉の供に秩父忍びの者はいるのか……」

「秩父忍びですか……」

佐助は、戸惑いを過ぎらせた。

「うむ……」

夢幻は頷いた。

「供は御側衆の加納行部たち水戸藩家中の者共。影供《かげとも》は木曾忍びと……」

「ならば、秩父忍びは宗斉の供に加わっておらぬのか……」

「おそらく……」

佐助は頷いた。

「佐助、秩父忍びが供に加わっていないのが気になるな」

夢幻は眉をひそめた。

「ならば、夢幻さまは、宗斉が持参する相州五郎正宗は贋物《にせもの》であり、本物は秩父忍びが秘かに運ぶと……」

佐助は読んだ。

「かもしれぬとな……」

夢幻は、その眼を厳しく光らせた。


隠居の宗斉は駕籠に乗り、御側衆の加納行部たち水戸藩の家来たちが護りに付いた。

木曾忍びの御館連也斉は、様々な生業《なりわい》の者に身形《みなり》を変えた配下の忍びの者を影供に付け、甲賀忍びの襲撃に備えた。

「ならば御隠居さま……」

加納は、相州五郎正宗を駕籠に乗った宗斉に渡した。

「うむ……」

宗斉は、渡された相州五郎正宗を嬉しげに眺めた。

「では……」

加納は、宗斉の乗った駕籠の戸を閉めた。

「出立《しゅったつ》……」

加納行部に率いられた宗斉の駕籠の一行は、留守居頭の高原外記たちに見送られて水戸藩江戸下屋敷を出た。

木曾忍びの者たちは、影供として一行の周囲に散って進んだ。

宗斉一行に僅かに遅れて、左近と陽炎は水戸藩江戸下屋敷から現れた。

左近は、相州五郎正宗を刀袋に入れて背負っていた。

陽炎は、それとなく向島の土手道を窺った。

向島の土手道には、様々な人が行き交っているだけで、潜んでいる者はいなかった。

「不審な者はいないようだ……」

陽炎は見定めた。

「うむ……」

左近は頷き、落ち着いた足取りで吾妻橋に向かった。

陽炎は続いた。

加納行部に率いられた宗斉一行は、隅田川に架かっている吾妻橋を渡り、人で賑わう浅草広小路を嫌って駒形堂に進んだ。

駒形堂から蔵前の通りを浅草御門前に出て、神田川北岸の道を西に進む手筈だ。

西に進めば、小石川御門があり水戸藩江戸上屋敷がある。

加納行部と影供の木曾忍びは、甲賀忍びの襲撃を警戒しながら進んだ。


左近と陽炎は、吾妻橋を渡り始めた。

「左近……」

陽炎は、吾妻橋を進みながら微かな視線を感じた。

「うむ。相州五郎正宗は俺の背にあると睨んだ甲賀忍びの者共だ」

左近は、既に何者かの視線に気が付いていた。

「甲賀忍びか……」

陽炎は、微かな緊張を過ぎらせた。

「うむ。木曾の連也斉、配下の忍びの者に甲賀忍びに利用されたり、裏切る者がいると知りながら手を打たなかった」

左近は告げた。

「何故だ……」

陽炎は訊き返した。

「偽の情報を握らせる為だ」

「偽の情報……」

「うむ。宗斉が相州五郎正宗を上屋敷に持参し、藩主治紀に披露するとし、本物の相州五郎正宗を秩父忍びに秘かに運ばせる」

「それが甲賀の夢幻に筒抜けになっているのか……」

「そういう事だ……」

左近は頷いた。

「何故、そのような真似を……」

「我らを餌に甲賀忍びを誘き寄せ、一挙に葬る企てだ」

左近は苦笑した。

「我らを餌に……」

陽炎は眉をひそめた。

「加納行部と木曾連也斉、我らに相州五郎正宗を持たせて餌とし、襲い掛かる甲賀忍びと闘わせ、後始末をする気だ」

左近は読んだ。

「ならば、その相州五郎正宗は……」

陽炎は、左近の背の刀を見た。

「餌に本物は預けまい。贋物だ」

左近は笑った。

「左近、餌にされると気が付きながら、引き受けたのか……」

陽炎は、左近に問い質した。

「うむ……」

「どうして……」

「襲い掛かる甲賀忍びを斬り棄て、木曾忍びを叩く……」

左近は云い放った。

「左近……」

「最早、甲賀忍びも木曾忍びもない。降り掛かる火の粉は振り払う迄……」

左近は、不敵な笑みを浮かべた。

浅草広小路は、多くの人で賑わっていた。

左近は、浅草広小路の賑わいに進んだ。

陽炎は続いた。

見詰める甲賀忍びの視線は、途切れる事はなかった。


蔵前の通りは、浅草広小路と神田川に架かっている浅草御門を結んでいる。

加納の率いる宗斉一行は、浅草御蔵の前を通って鳥越川《とりごえがわ》に架かっている鳥越橋に差し掛かった。

刹那、矢が飛来し、宗斉の乗った駕籠の屋根に突き刺さった。

駕籠舁《かき》たちは驚き、供侍たちは駕籠を止めて取り囲んだ。

二の矢が飛来し、駕籠を護る供侍の胸に突き立った。

胸に矢を受けた供侍は斃れた。

加納たちは、矢の射られた処《ところ》を探した。

行く手にある寺の屋根に忍びの者が見えた。

「あの寺の屋根だ……」

加納は、寺の屋根を指差した。

弥次馬の中にいた浪人、職人、人足たちが一斉に寺に向かって走った。

浪人、職人、人足たちは、影供の木曾忍びの者たちだった。

加納たち供侍は、必死の面持ちで宗斉の乗る駕籠脇を固めた。


左近と陽炎は、浅草広小路の雑踏を抜けて東本願寺《ひがしほんがんじ》前から新寺町《しんてらまち》に進んだ。

甲賀忍びの者は、姿を消したまま追って来ていた。

「どうするのだ……」

陽炎は囁いた。

「不忍池《しのばずのいけ》の畔《ほとり》だ……」

左近は笑い、新寺町から山下に抜け、東叡山寛永寺《とうえいざんかんえいじ》の前に出た。

そこは北に寛永寺、南に下谷広小路、西に不忍池があった。

「陽炎……」

左近は、陽炎を伴って不忍池に向かった。


不忍池は煌めき、畔の雑木林には小鳥の囀《さえず》りが響いていた。

左近と陽炎は、不忍池の畔に立ち止まった。

見詰めていた甲賀忍びの視線は、殺気に変わった。

雑木林で囀っていた小鳥が、羽音を鳴らして一斉に飛び立った。

左近は、陽炎を後ろ手に庇《かば》うかのように振り返った。

甲賀忍びの者たちが、雑木林から現れた。

「左近……」

「ああ……」

左近は頷いた。

甲賀忍びは、左近と陽炎を取り囲んだ。

「甲賀忍びか……」

左近は、甲賀忍びの者たちを見据えた。

「背中の刀、渡して貰おう」

甲賀忍びの一人が進み出た。

「問答は無用だ……」

左近は苦笑した。

次の瞬間、背後の甲賀忍びの者たちが手裏剣を投げた。

左近と陽炎は、木陰に跳んだ。

甲賀忍びの者たちは、追って手裏剣を投げた。

手裏剣は、左近と陽炎の隠れた木の幹に突き刺さった。
次の瞬間、陽炎が木陰から手裏剣を投げた。
甲賀忍びの者たちは、飛来する手裏剣を咄嗟に躱した。
刹那、左近が木陰を跳び出した。
甲賀忍びの者は、慌てて手裏剣を投げようとした。
左近は、手裏剣を投げようとした甲賀忍びの者を蹴り飛ばした。
甲賀忍びの者は、大きく仰け反って倒れた。
他の甲賀忍びの者たちは、忍び刀を抜いて猛然と左近に襲い掛かった。
左近は、跳び、転がって躱し、殴り、蹴り飛ばした。
甲賀忍びの者たちは怯んだ。
左近は、体術を駆使して闘った。
甲賀忍びの者たちは、懸命に左近との間合いを取ろうとした。
左近は許さず、追って無明刀を閃かせた。
閃きが縦横に走り、甲賀忍びの者たちの手足の筋を断ち斬った。
手足の筋を斬られた甲賀忍びの者たちは、闘う力を失って次々に退いた。
左近は、残る甲賀忍びの者に迫った。

分銅の唸りが聞こえた。

左近は、咄嗟に地を蹴って跳んだ。

乳切木《ちぎりき》の分銅が鎖を伸ばし、左近のいた処で地面を粉砕した。

左近は、着地して無明刀を構えた。

乳切木とは、四尺程の棒の先に長い鎖と分銅の付けられた武器だ。

二人の甲賀忍びの者が、乳切木の分銅を廻しながら現れた。そして、交代で左近に乳切木の分銅を放った。

左近は、左右から間断《かんだん》なく飛んでくる分銅を躱すだけで、攻撃を封じられた。

残る甲賀忍びの者たちが、忍び刀を翳《かざ》して左近に殺到した。

刹那、陽炎が手裏剣を放った。

手裏剣は、乳切木を操っていた甲賀忍びの一人に突き刺さった。

甲賀忍びの者は倒れた。

残る乳切木を操っていた甲賀忍びの者が怯んだ。

左近は、地を蹴って無明刀を一閃した。

甲賀忍びの者は、咄嗟に乳切木の棒で無明刀を受けた。だが、乳切木を両断され、甲賀忍びの者は真っ向から斬り斃された。

左近は、無明刀を振って鋒《きつさき》から血を飛ばし、殺到する甲賀忍びの者たちに立ち向かった。

容赦はなかった。

左近は、甲賀忍びを次々に斬り棄てた。

砂利が弾け、草が千切れ、血が飛び散った。

指笛が吹き鳴らされた。

僅かに残った甲賀忍びの者たちは、不忍池の畔から素早く退いて消え去った。

左近は、追わずに見送った。

「左近……」

陽炎は、左近に駆け寄った。

「潜んでいた木曾忍びが追った……」

左近は苦笑した。

「木曾忍びが……」

「ああ。助かったぞ、陽炎……」

左近は微笑んだ。

第四話　無惨なり

一

左近は、襲い掛かる甲賀忍びを容赦なく斬り棄てた。

不忍池の畔に小鳥の囀りが響き始めた。

「どうやら、餌の役目は終わったようだ」

左近は笑った。

「うむ。して、これからどうする……」

陽炎は訊いた。

「甲賀の夢幻に逢い、秩父忍びから手を引くように申し入れる」

「左近。夢幻がお前の恐ろしさを思い知ったとしても、そんな事が出来るか

「……」

陽炎は眉をひそめた。

「陽炎、そいつは土産《みやげ》次第だろう」

左近は苦笑した。

「土産……」

「うむ。相州五郎正宗か、木曾忍びの連也斉の首……」

左近は云い放った。

「左近……」

「陽炎、此のまま向島の水戸藩の江戸下屋敷には戻らず、鉄砲洲波除稲荷裏の巴屋の寮に行け」

「ならば……」

「うむ。次は木曾忍び……」

左近は、冷徹な笑みを浮かべた。


左近から逃れた甲賀忍びの者たちは、不忍池の北側に逃れた。

北側には谷中《やなか》に続く道がある。

甲賀忍びの者たちは谷中に逃れ、片隅にある古寺に退き上げた。

古寺は、甲賀忍びの江戸での忍び宿の一つであり、既に傷付いた甲賀忍びの者たちも逃れて来ていた。

退き上げて来た甲賀忍びの者たちは、左近が追って来ないのに安堵した。

だが、安堵の時は僅かだった。

古寺は、殺気に取り囲まれた。

甲賀忍びの者は、取り囲んだ殺気が木曾忍びのものだと知った。

木曾忍びの者たちは、傷付いた甲賀忍びの者たちに容赦なく襲い掛かった。


隠居の宗斉は、水戸藩藩主の治紀に相州五郎正宗を披露し、無事に向島の下屋敷に帰って来た。

「そうか。秩父忍びの者共、餌の役目を果たしたか……」

御側衆の加納行部は、木曾忍びの御館連也斉の報せに頷いた。

「うむ。秩父忍びの影森左近に容赦なく斬り立てられ、谷中の古寺に逃げ込んだ甲賀忍びの者共、我らが配下が皆殺しにした」

連也斉は、狡猾《こうかつ》な笑みを浮かべた。

「企て通り、上首尾に終わったか……」

加納は喜んだ。

「うむ。それにしても影森左近、恐ろしい程の遣い手……」

連也斉は、左近の恐ろしさを知った。

「それ程の者か……」

加納は苦笑した。

「うむ。おぬしの首を獲るなど造作《ぞうさ》もあるまい……」

連也斉は、加納に笑い掛けた。

加納は、顔色を変えた。

「して、今、影森左近は……」

「戻らず、陽炎と共に姿を消した」

「姿を消した……」

加納は眉をひそめた。

「うむ。甲賀忍びを誘き寄せる餌にされたのに気が付いての事だろう」

連也斉は読んだ。

「ならば、我らを……」

加納は、微かな怯えを過ぎらせた。

「さあて、此のまま黙って消えてくれれば良いのだがな……」

連也斉は冷たく笑った。


「皆殺し……」

甲賀忍びの総帥夢幻は、満面に怒りを浮かべた。

「秩父忍びと相州五郎正宗を餌にして我らを誘き出して闘わせ、谷中の忍び宿に退いた配下の者共を皆殺しに。申し訳ありません」

佐助は詫びた。

「おのれ。佐助、連也斉と御側衆の加納行部は向島の水戸藩江戸下屋敷か……」

「はい……」

佐助は頷いた。

「よし、連也斉と加納を見張れ……」

「はっ……」

佐助は、平伏して退った。

「おのれ、木曾連也斉……」

夢幻は、憎悪を浮かべた。

燭台の火が微かに揺れた。

「夢幻……」

天井裏から左近の声がした。

夢幻は、咄嗟に身構えようとした。

「動くな……」

左近は鋭く制した。

夢幻は凍《い》て付いた。

「流石《さすが》の甲賀忍びの総師夢幻も、衝き上がる怒りと憎悪には五感は鈍るか……」

左近は笑った。

「何者だ……」

夢幻は、嗄れ声を震わせた。

「相州五郎正宗を渡せば、秩父忍びから一切手を引くか……」

左近はいきなり尋ねた。

「日暮左近か……」

夢幻は、天井裏からの声の主を日暮左近だと見抜いた。

「どうする……」

左近は、構わず話を続けた。

「相州五郎正宗か……」

「如何にも……」

「良かろう。相州五郎正宗を持参すれば、秩父忍びからは一切手を引こう」

「確と約束するか……」

「うむ。約束しよう」

「もし、約束を違《たが》えた時は、その首、必ず貰い受ける……」

天井裏からの左近の声は消えた。

夢幻は、左近が天井裏から立ち去ったのを知った。

気配も何も感じさせずに忍び、立ち去ったのだ……。

「日暮左近か……」

甲賀忍びの双竜を葬り、隻竜を翻弄した恐るべき忍び……。

夢幻は、日暮左近の凄まじさを知った。

その日暮左近が、隠居宗斉から相州五郎正宗を奪い取って来る。

面白い……。

夢幻は、嘲りを浮かべた。

向島の水戸藩江戸下屋敷は、夜の闇に覆われていた。

左近は、水戸藩江戸下屋敷を眺めた。

木曾忍びの御館《おやかた》連也斉は、甲賀忍びの襲撃を警戒して厳重な結界を張っていた。

甲賀忍びの者たちは、水戸藩江戸下屋敷を見張っている筈だ。

左近は、深入りを避けて裏の常泉寺に向かった。

昨日迄、自分が結界を張って護っていた処だ。

強みも弱みも知っている……。

左近は、常泉寺の境内に入り、水戸藩江戸下屋敷との境の土塀沿いを隠居の宗斉のいる離れ家の近くに進んだ。そして、境内の木の上に跳び、土塀の向こうの離れ家の様子を窺った。

離れ家には明かりが灯され、周囲には警護の家来たちがいた。

陽炎と左近が消えた後、離れ家の警護には水戸藩の家来が付いたようだ。

左近は知った。

隠居の宗斉は、今夜も相州五郎正宗を眺めながら酒を飲んでいる筈だ。

左近は、既に隠居の宗斉の毎日の暮らし振りを熟知していた。

相州五郎正宗を隠す場所も……。

左近は、常泉寺の本堂の屋根で宗斉が寝る時を待った。


離れ家の明かりが消えた。

隠居の宗斉は、寝間の蒲団に入った。

眠りに陥るのに僅かな刻が掛かる……。

左近は、常泉寺の本堂の屋根を下りようとした。

その時、水戸藩江戸下屋敷との間の土塀の闇が揺れた。

甲賀忍び……。

左近は、二人の甲賀忍びの者が常泉寺から裏の結界を破ろうとしているのに気が付いた。

どうなる……。

左近は見守った。

甲賀忍びの者は、土塀を越えて水戸藩江戸下屋敷に忍び込んだ。

結界が揺れた。
木曾忍びの者が気が付き、結界を破った二人の甲賀忍びの者を素早く取り囲んだ。
二人の甲賀忍びの者は狼狽《うろた》えた。
木曾忍びの者たちは、二人の甲賀忍びの者に襲い掛かった。
刹那、左近は手裏剣を放った。
木曾忍びの者の一人が、手裏剣を胸に受けて倒れた。
残る木曾忍びの者たちは、咄嗟に物陰に跳び退いた。
二人の甲賀忍びの者は、その隙《すき》を突いて土塀に逃げた。
木曾忍びの者たちは、物陰を出て追い掛けようとした。
左近は、再び手裏剣を放った。
木曾忍びの者が倒れた。
二人の甲賀忍びの者は、土塀を乗り越えて常泉寺の境内に逃れた。
左近は、残る木曾忍びの者たちに手裏剣を連射して牽制《けんせい》した。
下屋敷の木曾忍びの者たちが集まって来た。
二人の甲賀忍びは逃げ去った。

木曾忍びの者たちは、おそらく裏の結界を厳しくする。

今夜は此迄だ……。

左近は、離れ家に忍んで相州五郎正宗を奪うのを諦めた。


甲賀忍びの者が侵入しようとした……。

「御隠居さまの相州五郎正宗を狙っての所業か……」

御側衆加納行部は、木曾忍びの御館連也斉の報せを聞いた。

「左様。甲賀忍びの者が結界を破ったのに気付き、配下の者共が駆け付け、事無きを得たが、甲賀の者共、此からも相州五郎正宗を狙って裏の結界を破って来るだろう」

連也斉は読んだ。

「いつ迄も執念深い奴らだ……」

加納は苦笑した。

「甲賀の夢幻は、土浦藩の命で動いているだけの忍びだ。執念深いのは土浦藩だが、土浦藩にも意地と矜恃《きょうじ》がある、相手が御三家水戸藩となると一歩も退くまい」

連也斉は、厳しい面持ちで告げた。

「おのれ。ならば、土浦藩と甲賀夢幻、此からも相州五郎正宗を狙い続けるか……」

加納は眉をひそめた。

「うむ。そこでだ、加納どの。御隠居さまと相州五郎正宗、小石川の上屋敷に引き取られては如何かな」

連也斉は、加納を見据えた。

「連也斉どの。殿と御家老たちは、御隠居さまと相州五郎正宗を既に邪魔にされ、此の下屋敷ですべての始末をしろとの事だ」

加納は、腹立たしげに告げた。

「そうか。加納どのも厳しい立場だな……」

連也斉は頷いた。

「うむ。して、連也斉どの……」

「今夜から離れ家の結界を幾重にも張り、常泉寺の境内にも張り巡らせよう」

連也斉は薄く笑った。

「そうか……」

　加納は、安堵を浮かべて頷いた。

　土手道の桜の枝葉は、隅田川から吹く川風に揺れていた。

　左近は、向島の土手道から水戸藩江戸下屋敷を眺めた。

　表門は閉められており、木曾忍びの結界が張られていた。だが、結界に夜のような緊張感は窺われなかった。

　やはり、昼間の結界は緩い……。

　左近は、見定めて裏の常泉寺に廻った。

　常泉寺の広い境内には、住職たち僧侶の読む経が朗々と響いていた。

　左近は、広い境内の西側に進んだ。

　西側にある土塀は、水戸藩江戸下屋敷の裏との境だった。

　左近は、西側の土塀を眺めた。

　西側の土塀に張られた結界は、表の結界同様に緩かった。

　左近は、西側の土塀に結界を張っている木曾忍びの者を捜した。

　木曾忍びの者は、西側の土塀の中程の屋根に伏せ、左右を窺っていた。

　左近は西側の土塀の下を進み、結界を張っている木曾忍びの者の真下に忍んだ。

そして、手にしていた拳大の石を眼の前に放った。

拳大の石は、地面に落ちて小さな音を立てた。

結界を張っていた木曾忍びの者は、怪訝な面持ちで西側の土塀の屋根から身を乗り出した。

刹那、左近は頭上の木曾忍びの者の顔を捕まえ、土塀の上から引き摺り落として鳩尾《みぞおち》に拳を鋭く叩き込んだ。

木曾忍びの者は、呻きを洩らす間もなく気を失った。

左近は、素早く西側の土塀を跳び越えた。


離れ家は、水戸藩家中の者によって警護されていた。

左近は、離れ家の近くの植込みの陰に潜み、奥庭の泉水に石を投げ込んだ。

水音がした。

警護の家来たちは、水音に気が付いて緊張した面持ちで奥庭の泉水に向かった。

左近は、警護の家来たちが持ち場を離れた隙を突き、離れ家の濡れ縁の下に走った。

左近は、濡れ縁の下に素早く潜り込んだ。
濡れ縁の下から続く縁の下には、柵が嵌《は》め込まれて奥に入れないようになっていた。
左近は進み、柵の一箇所に取り付き、両手で外した。
柵は、人が出入り出来る分だけ外れた。
左近は、結界を張っていた時に嵌め込まれた柵に細工をしておいたのだ。
左近は柵を潜り、縁の下の奥に進んだ。

離れ家の納戸《なんど》には、雑多な家具や行燈が置かれているだけで人気はなかった。
床板が押し上げられ、左近が現れた。
左近は、縁の下から納戸に続く忍び口を秘かに作っておいたのだ。
左近は、縁の下から納戸に上がり、辺りの気配を窺った。
不審なところはない……。
左近は見定め、納戸の板戸を開けて廊下を窺った。
廊下に人影はない。
左近は、廊下を進んで座敷を窺った。

座敷では、隠居の宗斉が近習を相手に酒を飲んでいた。

左近は、宗斉の背後の床の間に置かれた太刀掛けに柄《つか》を下にして立て掛けられた黒蠟《くろろ》色塗鞘打刀拵《うちがたなこしらえ》の大刀を見詰めた。

相州五郎正宗……。

隠居の宗斉は、相州五郎正宗を好きな時に鑑賞出来るように手許に置いていた。それも、派手で目立つ拵えではなく、黒蠟色塗鞘打刀拵という地味な拵えだった。

隠居の宗斉は、昔からの相州五郎正宗の贔屓《ひいき》であり、既に幾振りもの写しを刀鍛冶に打たせて持っていた。

餌となった左近が背負っていた相州五郎正宗も、その写しの一振りだった。

隠居の宗斉は、近習を相手に酒を飲んだ。

やがて、近習は空《から》になった銚子を持って座敷から出て行った。

宗斉は、盃《さかずき》を置き、床の間の太刀掛けに立て掛けられた相州五郎正宗を嬉しげに手に取った。

今だ……。

左近は、宗斉を背後から襲い、一瞬にして気絶させた。

宗斉は、振り返る事もなく崩れた。

左近は、宗斉から相州五郎正宗を奪い取って座敷から出た。そして、素早く納戸に戻った。

忍びの者の結界は外に向かって張られており、破るのは難しいが、出るのは容易《たやす》い。

左近は、相州五郎正宗を背負い、土塀を跳び越えて常泉寺の境内に戻り、向島の土手道に急いだ。

木曾忍びの者には、左近に気が付いて追って来る者はいなかった。

隅田川は陽差しに溢れ、様々な船が行き交っていた。

二

向島の水戸藩江戸下屋敷は騒然となった。

何者かが木曾忍びの結界を破り、離れ家に忍び込んで隠居の宗斉を襲い、相州五郎正宗を奪い去ったのだ。

隠居の宗斉は激怒した。

その怒りは、やがて相州五郎正宗を奪った者から出し抜かれた御側衆の加納行部や木曾忍びの御館連也斉に向けられる。

御側衆の加納行部は焦りを覚えた。


「甲賀忍びの仕業か……」

御側衆の加納行部は読んだ。

「おそらく……」

木曾忍びの御館連也斉は、恥辱《ちじょく》に塗《まみ》れ、悔しげな面持ちで頷いた。

「ならば、甲賀忍びを襲い、相州五郎正宗を再び奪い取るしかあるまい」

加納は、怒りと焦りを交錯させた。

「甲賀忍びの総帥夢幻、今は深川は小名木川の土浦藩の江戸下屋敷にいる。今夜、息の根を止めてくれる」

連也斉は、悔しげに嗄れ声を震わせた。

「うむ。そして、相州五郎正宗を奪い返さない限り、御隠居さまのお怒りは収まらぬ。だが、事が事だけに御公儀《こうぎ》に知られてはならぬ。何分《なにぶん》にも隠密にな……」

「心得ている。此のままでは木曾忍びは笑い物。何としてでも恥辱を晴らす」

連也斉は云い放った。


深川小名木川の流れに西日が映えた。

土浦藩江戸下屋敷は、甲賀忍びが結界を張って厳しく警戒をしていた。

左近は刀を背負い、或《あ》る大名屋敷から隣の土浦藩江戸下屋敷に忍び込んだ。

結界は激しく揺れ、甲賀忍びの者たちが各所から現れ、殺気を漲《みなぎ》らせて左近を取り囲んだ。

「日暮左近だ。総師の甲賀夢幻どのに取り次いで貰おう」

左近に殺気はなかった。

「夢幻さまに取り次げだと……」

甲賀忍びの者たちは戸惑った。

「如何《いか》にも……」

左近は、笑みを浮かべて頷いた。

取り囲む甲賀忍びの者たちの中から、佐助が進み出た。

「相州五郎正宗、持参したのか……」

佐助は尋ねた。

「如何にも……」

左近は、背中の刀を示した。

「よし……」

佐助は、左近を取り囲んでいる甲賀忍びの者たちに合図をした。

甲賀忍びの者たちは囲みを解き、それぞれの結界の持ち場に戻った。

「付いて来い……」

佐助は、左近を誘って下屋敷内の重臣屋敷に向かった。

左近は続いた。


甲賀忍びの総帥夢幻は、今後一切秩父忍びには手を出さないと、熊野牛王宝印《くまのごおうほういん》の裏に認《したた》めた誓紙《せいし》を左近に差し出した。

「忍びの者の誓紙など当てにはならぬが、一応預かろう……」

左近は苦笑し、誓紙を受け取り、背中の刀を差し出した。

夢幻は、左近の差し出した刀を受け取った。そして、懐紙《かいし》を咥《くわ》え、刀を黒蠟色塗鞘から静かに抜き放った。

刀身は鈍色《にびいろ》に輝いた。

夢幻は、鈍色に輝く刀身を見詰めた。

「流石《さすが》は甲賀忍びの総帥、刀剣の目利きも出来るのか……」

左近は感心した。

「いや。多くの甲賀忍びを死に追いやった相州五郎正宗、どんな刀か知りたくてな……」

夢幻は、冷笑を滲ませながら刀を鞘に納めた。

「夢幻さま……」

襖の向こうから佐助の声がした。

「うむ。御刀番の相良嘉門どのをお連れ致したか……」

夢幻は尋ねた。

「はい……」

佐助の返事がした。

夢幻は、左近に通して良いかと目顔で尋ねた。

左近は頷いた。

「お入りいただけ」

佐助が襖を開け、土浦藩御刀番の相良嘉門が入って来た。

「夢幻どの、目利きして欲しい刀があるそうですな……」

相良は、左近に目礼し、夢幻に怪訝な眼を向けた。

「はい。此の刀の目利きをお願いしたい……」

夢幻は、黒蠟色塗鞘の刀を相良嘉門に差し出した。

「ほう。此の刀の目利きを……」

相良は、刀を受け取って拵えを見た。そして、刀を静かに抜き放った。

相良は眉をひそめた。

夢幻、佐助、左近は見守った。

相良は、刀の鋒《きつさき》、平地《ひらじ》、刃文《はもん》、鎬《しのぎ》、棟《むね》などを厳しい眼差しで見詰め、小さな吐息を洩らした。

「相良どの……」

夢幻は眉をひそめた。

「夢幻どの、茎《なかご》に刻まれた銘《めい》を見る迄もなく、此の一刀、相州五郎正宗に相違《そうい》ありませんぞ」

相良は昂《たか》ぶり、声を上擦《うわず》らせた。

「真に……」

夢幻は念を押した。

「うむ。間違いない。我が土浦藩の御刀蔵から奪い取られた相州五郎正宗に間違いない」

相良は断定した。

「そうですか……」

夢幻は、安堵の笑みを浮かべた。

「ならば夢幻、約定《やくじょう》は必ず守って貰おう」

左近は告げた。

「承知した」

夢幻は、大きく頷いた。

「それから木曾忍び、黙ってはいまい……」

左近は読んだ。

「うむ。決着をつける……」

夢幻は、闘志を漲らせた。

「ならば、外から攻めるのだな……」

左近は、楽しげに云い放った。
小名木川に映える西日は、流れを赤く染め始めた。

日が暮れた。
木曾忍びの御館連也斉は、僅かな配下の忍びの者を従えて水戸藩江戸下屋敷を出た。
木曾忍びの殆《ほとん》どの者は、既に深川の土浦藩江戸下屋敷に向かっていた。

深川小名木川の流れに月影は揺れた。
土浦藩江戸下屋敷には、木曾忍びに備えた甲賀忍びの結界が張られていた。
左近は、隣の大名屋敷の屋根に忍び、土浦藩江戸下屋敷と周囲を窺った。
周囲の大名屋敷の屋根には、佐助に率いられた甲賀忍びの者たちが忍んでいた。
左近は見守った。
刻が過ぎた。
土浦藩江戸下屋敷の周囲の闇が微かに揺れた。
木曾忍びか……。

左近は、微かに揺れた闇に眼を凝らした。

微かに揺れた闇から木曾忍びの者たちが現れ、土浦藩江戸下屋敷の西の正面と北の横の土塀前の物陰や暗がりに潜んだ。そして、南の小名木川には荷船が船縁を寄せた。

霊巌寺《れいがんじ》が子《ね》の刻九つ（午前零時）の鐘の音を夜空に響かせた。

土浦藩江戸下屋敷の正面と北の土塀の物陰、そして南の小名木川に泊まっていた荷船から木曾忍びの者たちが現れた。そして、一斉に土浦藩江戸下屋敷に走った。

刹那、周囲の大名屋敷や小名木川越しの道に甲賀忍びが現れ、土浦藩江戸下屋敷の敷地内に侵入した木曾忍びの者たちに背後から襲い掛かった。

木曾忍びは、甲賀忍びの背後からの攻撃に狼狽《うろた》え、混乱した。

「おのれ……」

木曾忍びの御館連也斉は、土浦藩江戸下屋敷の西の正面から踏み込んだ。

甲賀忍びの者が襲い掛かった。

連也斉は、襲い掛かる甲賀忍びの者を無雑作に摑まえては苦無《くない》で斃し、表御殿に進んだ。

まるで、何事もなく歩いているようだ……。
左近は感心した。

木曾忍びの御館連也斉は、次々に襲い掛かる甲賀忍びの者と闘った。
甲賀忍びの者は血を飛ばして斃れた。
相州五郎正宗が何処にあるかは、夢幻が知っている……。
連也斉は、甲賀夢幻を捜して甲賀忍びの者を斃した。
大苦無《おおくない》が回転し、唸りを上げて連也斉に飛来した。
連也斉は躱《かわ》した。
大苦無は、連也斉がいた処を貫いて壁に突き刺さった。
鈍い音が鳴り、壁が崩れた。
連也斉は苦笑した。
「木曾連也斉……」
佐助が現れた。
「邪魔するな……」
連也斉は、佐助を見据えた。

「甲賀の佐助……」

佐助は、大苦無を振るって連也斉に襲い掛かった。

大苦無の刃風が鳴った。

連也斉は跳び退き、甲賀忍びの者の血に濡れた苦無を佐助に投げた。

佐助は、大苦無を横薙ぎに一閃して苦無を弾き飛ばした。

連也斉は、忍び刀を抜いて佐助に鋭く斬り掛かった。

佐助は、大苦無で斬り結んだ。

「相州五郎正宗は何処にある……」

連也斉は、鍔迫《つばぜ》り合いに持ち込んで訊いた。

「知ってどうする」

「奪い取る……」

「相州五郎正宗は、とっくに土浦藩の御刀蔵の奥だ」

佐助はせせら笑った。

「ならば、お前に用はない」

連也斉は、佐助の顔に含み針を吹いた。

佐助は、顔に含み針を受けて仰け反った。

刹那、連也斉は忍び刀を佐助の腹に鋭く叩き込んだ。
忍び刀は、佐助の腹を貫いた。
佐助は、眼を瞠って息を飲んだ。
連也斉は、佐助を蹴倒した。
佐助は、血を流して倒れた。
連也斉は、佐助に止《とど》めを刺して指笛を吹き鳴らした。
木曾忍びの者は一斉に退いた。
連也斉は、表御殿に火薬玉を投げ込んだ。
火薬玉は火を噴き、辺りに飛び散った。
甲賀忍びの者たちは、慌てて火を消し始めた。
連也斉たち木曾忍びは消え去った。

相州五郎正宗は、甲賀忍びの総帥夢幻から土浦藩御刀番の相良嘉門に渡された。
そして、藩主土屋《つちや》英直《ひでなお》の許しを得、厳重に警戒された御刀蔵の奥に収納された。
相州五郎正宗はあった場所に戻され、遺恨《いこん》だけが残った。

此のままでは終わらない……。

左近は読み、水戸藩御側衆の加納行部と木曾連也斉、土浦藩総目付の小笠原主水と甲賀夢幻の動きを見守った。


水戸藩御側衆の加納行部は、隠居の宗斉の厳しい叱責を受けた。

何としてでも相州五郎正宗を持参しろ……。

隠居の宗斉は執念深かった。

「相州五郎正宗を取り戻すか……」

木曾忍びの御館連也斉は眉をひそめた。

「うむ。既に土浦藩の御刀蔵奥深くに隠された相州五郎正宗、再び奪い取るのは容易ではない……」

加納は、焦りを滲ませた。

「だが、何《いず》れにしろ相州五郎正宗を再び奪い取り、土浦藩総目付小笠原主水と甲賀忍びの総帥夢幻を斃さなければ、おぬしは腹を切らねばならないか……」

連也斉は読んだ。

「如何にも……」

加納は、嗄れ声を引き攣らせた。

「総目付の小笠原主水と甲賀夢幻を斃すのは手立てがあろうが、相州五郎正宗、土浦藩の御刀蔵の何処に隠されたかだ……」

連也斉は眉をひそめた。

「うむ。相州五郎正宗を御刀蔵の何処に隠したか知る者は、おそらく隠した土浦藩御刀番の相良嘉門、只一人だ……」

加納は読んだ。

「御刀番の相良嘉門か……」

連也斉は、狡猾な笑みを浮かべた。


木曾忍びの攻撃は尚も続く……。

土浦藩総目付の小笠原主水と甲賀忍びの総帥夢幻は、木曾忍びが相州五郎正宗を奪おうと狙い続けると読んだ。

それを阻止するには、水戸藩御側衆の加納行部と木曾忍びの御館連也斉を一刻も早く斃すしかない。

小笠原と夢幻は見定めた。

最早、忍びの者たちに無駄な殺し合いをさせてはならない。

それは、甲賀も木曾もないのだ。

どうする……。

相州五郎正宗を巡る殺し合いの元凶は、水戸藩隠居宗斉だ。

左近は、皺が深く金壺眼《かなつぼまなこ》で唇の歪んだ傲慢《ごうまん》な老人の顔を思い出した。

相州五郎正宗を奪った時、一思いに始末するべきだったのだ。

左近は悔やんだ。

よし……。

左近は決めた。


向島の水戸藩江戸下屋敷は、相州五郎正宗を奪われて以来、木曾忍びの結界は緩くなっていた。

左近は、裏手の常泉寺の境内に入った。

水戸藩江戸下屋敷との境の西側の土塀の結界は緩く、殆ど見廻り程度になっていた。

左近は、土塀を越えて水戸藩江戸下屋敷に忍び込んだ。

水戸藩江戸下屋敷の離れ家の警護は、近習の者しかいなかった。

左近は、離れ家の濡れ縁の下に忍んだ。そして、相州五郎正宗を奪い取った時の道筋を辿って縁の下を進んだ。

縁の下と忍び口は、木曾忍びに見付けられた様子はなかった。

左近は、離れ家の納戸の下に向かった。

納戸は薄暗く、埃《ほこり》に満ちていた。

左近は、床下から現れ、板戸を僅かに開けて離れ家の様子を窺った。

木曾忍びが潜んでいる気配はない。

左近は、隠居の宗斉がいる奥座敷に向かった。

左近は、音もなく奥座敷の次の間に忍び込んだ。

奥座敷では、隠居の宗斉が歪んだ唇を酒に濡らしていた。

左近は、奥座敷に踏み込んだ。

「下郎《げろう》、何者だ……」

隠居の宗斉は、左近に気が付いて眉をひそめた。

「名乗る程の者ではない……」

左近は、隠居の宗斉の顔を両手で挟むように摑んだ。

「な、何をする。儂は水戸宗斉だ……」

隠居の宗斉は、嗄れ声で傲慢《ごうまん》に云い放った。

「だから、どうした……」

左近は嘲笑した。

隠居の宗斉は、恐怖に突き上げられた。

刹那、左近は両手に挟んだ隠居の宗斉の顔を大きく捻った。

首の骨の折れる音が鳴った。

隠居の宗斉は、金壺眼を大きく瞠り、曲がった唇を引き攣らせて絶命した。

左近は、隠居の宗斉を座らせ、脇息《きょうそく》に寄り掛からせて盃を持たせた。

そして、盃に僅かな酒を注いだ。

隠居の宗斉は、一人で酒を飲んでいる最中に頓死《とんし》した。

すべては、此の傲慢で狡猾《こうかつ》な醜い老人から始まった事だ。

報いは受けなければならない……。

左近は冷笑し、奥座敷から音もなく立ち去った。

三

隠居宗斉は死んだ。

水戸藩は、隠居宗斉の死を病死として何事もなかったかの如《ごと》く始末した。

御側衆の加納行部は、隠居宗斉は甲賀忍びに抹殺されたと睨んだ。

「甲賀忍び……」

木曾忍びの御館連也斉は、首を捻った。

「違うのか……」

加納は、戸惑いを浮かべた。

「うむ。忍びの仕業には間違いないだろうが、甲賀忍びとは思えぬ」

「ならば……」

「秩父忍びかもしれぬ……」

連也斉は読んだ。

「秩父忍び、ならば陽炎……」

「違う。影森左近だ……」

連也斉は睨んだ。

「影森左近……」

加納は眉をひそめた。

「うむ。おそらく左近が御隠居宗斉さまを始末したのだ……」

「そうか。影森左近か……」

加納は頷き、離れ家の奥座敷を見廻した。

影森左近なら離れ家の警護をし、何もかも知っており、忍び込むのも造作はない。

「して、加納どの、土浦藩御刀番の相良嘉門だが……」

「連也斉どの、御隠居宗斉さまがお亡くなりになった今、最早相州五郎正宗に拘わる必要はない。必要なのは、土浦藩総目付の小笠原主水と甲賀忍びの総帥夢幻を斃し、我らの面目と矜持《きょうじ》を守り、恥を天下に晒さぬ事だ」

加納は、狡猾な笑みを浮かべた。

「ならば、土浦藩総目付の小笠原主水と甲賀忍びの総帥夢幻を……」

連也斉は、その眼を妖しく光らせた。

「左様。何としてでも討ち果たす」

加納は笑った。

「伏せろ」

刹那、連也斉は加納を押し倒した。

矢が障子を破いて飛来し、壁に突き刺さって胴震いした。

矢には結び文が付けられていた。

連也斉は、素早く障子を開けた。

離れ家の前には、泉水や築山のある奥庭が広がっていた。

連也斉は、奥庭を見廻した。

奥庭に人影はなかった。

「連也斉どの……」

加納は、連也斉を呼んだ。

連也斉は振り返った。

「矢にこのような結び文が……」

加納は、連也斉に結び文を差し出した。

連也斉は、結び文を手に取って読んだ。

結び文には、『木曾連也斉、明日の未《ひつじ》の刻八つ（午後二時）、深川十万坪《じゅうまんつぼ》に一人で来られたし。甲賀夢幻』と書き記されていた。

「夢幻の果たし状か……」

加納は眉をひそめた。

「うむ。忍びの者が果たし状とはな……」

連也斉は呆れた。

「行くのか……」

「行かなければ、夢幻たち甲賀忍びは、木曾連也斉は臆したと云い触らすだろう。さすれば、忍びたちの間での木曾連也斉の名は恥辱に塗《まみ》れるだけだ」

「ならば……」

「行くしかあるまい……」

連也斉は苦笑した。


土浦藩江戸下屋敷表御殿の座敷は陽差しに溢れていた。

「小笠原どの、何用かな……」

甲賀忍びの総帥夢幻は、土浦藩総目付の小笠原主水に招かれた。

「夢幻どの、中間が擦れ違った浪人から書状を渡された……」

小笠原は、一通の書状を差し出した。

夢幻は、戸惑った面持ちで受け取った。

書状の上書には、『甲賀夢幻どの』と書かれていた。

夢幻は、書状を開いた。

書状には、『明日、未の刻八つ、深川十万坪に一人で来られたし。木曾連也斉』と書かれていた。

夢幻は苦笑し、書状を小笠原に渡した。

小笠原は、書状を読んだ。

「木曾忍びの連也斉からの果たし状か……」

小笠原は眉をひそめた。

「うむ。相州五郎正宗を取り返され、隠居の宗斉を亡き者にされた恨み、晴らそうという魂胆か……」

夢幻は読んだ。

「木曾連也斉、執念深いな……」

小笠原は笑った。

「忍びには、生涯を掛けて役目を果たす者もいる」

夢幻は告げた。

小笠原は笑みを消した。

「おそらく連也斉、此のままでは木曾忍びが忍びの者共の侮りを受け、笑い者となるのを恐れての所業だろう」

夢幻は睨んだ。

「うむ。して、行くのか……」

「行かねば、連也斉、甲賀夢幻は臆し、逃げたと云い触らすだろう」

「行くしかないか……」

小笠原は読んだ。

「うむ……」

夢幻は頷いた。

甲賀夢幻と木曾連也斉を殺し合わせる……。

左近は、夢幻と連也斉が己の企てに乗るかどうか、見守った。

何れにしろ、明日の未の刻八つに分かる事だ。

夢幻と連也斉、秩父忍びにとってはいない方が良い者共だ。

夢幻と連也斉を殺し合わせ、生き残った者を……。

左近は、鉄砲洲波除稲荷の裏にある公事宿『巴屋』の寮に向かった。


江戸湊は陽差しに煌めいていた。

左近は、潮騒と潮の香りに覆われた鉄砲洲波除稲荷の傍を抜けた。

公事宿『巴屋』の寮の格子戸の上には、赤い天道虫が留まっていた。

陽炎はいる……。

左近は、寮の庭先に廻った。


陽炎は、左近が来たのを既に察知し、茶を淹れていた。

左近は、縁側に腰掛けて陽炎の差し出した茶を飲んだ。

「どうなった……」

「相州五郎正宗は土浦藩の御刀蔵に戻り、水戸藩隠居の宗斉は死んだ」

左近は報せた。

「そうか。相州五郎正宗は土浦藩に戻り、隠居の宗斉は死んだか……」

陽炎は、宗斉の依頼で土浦藩の御刀蔵から相州五郎正宗を奪い取ったのを思い出した。

何もかもそこから始まった。

そして、相州五郎正宗は土浦藩の御刀蔵に戻り、依頼主の隠居の宗斉は死んだ。

「うむ。で、甲賀夢幻から此の誓紙を受け取った」

左近は、熊野牛王宝印の裏に書かれた誓紙を陽炎に渡した。

「今後、秩父忍びには一切の手出しはしない。甲賀夢幻……」

陽炎は読んだ。

「忍びの者の誓紙など信用出来ぬが、ないよりは良いかもしれぬ」

左近は苦笑した。

「うむ……」

陽炎は、夢幻の誓紙を懐に仕舞った。

「陽炎、事は終わった。小平太たちが案じているだろう。早々に秩父影ノ森の館に帰るのだな……」

左近は勧めた。

「左近、お前はどうする」

「未だやる事がある……」

「やる事……」

陽炎は眉をひそめた。

「ああ……」

左近は、不敵な笑みを浮かべた。


十万坪は深川の東、小名木川と仙台堀《せんだいぼり》の間に広がっている埋立地だ。

江戸湊から吹き抜ける風は、陽差しに溢れた深川十万坪の緑を揺らしていた。

左近は、揺れる緑の中に忍んでいた。

亀戸《かめいど》村の羅漢寺《らかんじ》の鐘が未の刻八つを報せ始めた。

風に揺れる緑の中に、塗笠を被った二人の武士が現れた。

左近は見守った。

塗笠を被った二人の武士は、羽織の裾を風に揺らして近付き、静かに対峙した。

二人の武士は、塗笠を取った。

甲賀夢幻と木曾連也斉だった。

連也斉と夢幻は、羽織を脱いで互いに手裏剣を放った。

手裏剣が交錯した。

夢幻は無雑作に腕を振り、連也斉は塗笠で払った。

互いの手裏剣は、甲高い音を鳴らして弾き飛ばされた。

夢幻の腕には鋼の手甲が着けられ、連也斉の塗笠には鋼が仕込まれていた。

夢幻と連也斉は苦笑し、猛然と駆け寄った。そして、互いに地を蹴って跳び、宙で擦れ違った。

刹那、夢幻は鉤爪《かぎつめ》を放ち、連也斉は鎖の両端に分銅の付いた微塵《みじん》を投げた。

夢幻の鉤爪は、連也斉の着物に食い込んだ。

連也斉の微塵は、その鎖を夢幻の脚に巻き付けた。

二人は、五体の均衡を崩して緑の地に転げ落ちた。

連也斉と夢幻は、鉤爪と微塵を外して忍び刀を抜いて鋭く斬り合った。

刃が噛み合い、草が千切れ飛んだ。

夢幻と連也斉は、広い緑の埋立地を走り、跳び、転がって鋭く斬り結んだ。

左近は、冷徹に見守った。

夢幻と連也斉は、激しく斬り結んで鍔迫り合いになった。

「忍びが果たし合いとはな……」
夢幻は嘲笑った。
「お前が望んだ事だろう」
連也斉は眉をひそめた。
「なに……」
夢幻は戸惑った。
一瞬の隙が出来た。
刹那、連也斉は夢幻に含み針を吹いた。
夢幻は、咄嗟に大きく跳び退いて躱した。
連也斉は、跳び退いた夢幻が体勢を整えるのを許さず飛び掛かった。
夢幻は、咄嗟に躱した。
連也斉は、間断なく斬り掛かった。
夢幻は、後退し続けた。
次の瞬間、夢幻は草に足を取られ体勢を崩しながらも跳んだ。
連也斉は追って跳び、忍び刀を一閃した。
夢幻は、背中を斬られて血を飛ばし、緑の中に落ちた。

連也斉は、忍び刀を構えて夢幻に飛び掛かり、止めを刺そうした。

だが、連也斉は大きく跳び退いた。

刹那、夢幻の五体から火が噴き、爆発した。

連也斉は、咄嗟に草むらに伏せた。

爆風が噴き上がり、煙が巻き上がった。

夢幻は、連也斉を道連れに自爆しようとした。だが、連也斉は気が付いて辛うじて逃れ、夢幻は虚しく滅び去った。

左近は、冷徹に見守った。

連也斉は、左腕を押さえて立ち上がった。

左腕は血に塗れ、骨が折れたのか力なく垂れ下がっていた。

左腕をやられた……。

左近は、夢幻の最期の一撃を知った。

連也斉は顔を歪め、甲賀夢幻の燻《くすぶ》る死体を一瞥し、羽織を纏って埋立地から立ち去って行った。

左近は見守った。

風が埋立地に吹き抜け、夢幻の死体から燻る煙は切れ切れに飛び散った。

夢幻が滅び、小名木川沿いの土浦藩江戸下屋敷にいた甲賀忍びは身を潜めた。

木曾連也斉は、向島の水戸藩江戸下屋敷に戻り、甲賀忍びの報復に対する結界を張った。

左近は見守った。

水戸藩江戸下屋敷から御側衆の加納行部が現れ、風呂敷包みを持った供侍を従えて吾妻橋に向かった。

何処に行く……。

左近は追った。


不忍池中之島の弁財天は、参拝客で賑わっていた。

水戸藩御側衆の加納行部は、供侍を従えて不忍池の畔の料理屋に入った。

誰かと逢うのだ。

左近は、加納行部が誰と逢うのか見定める事にし、料理屋の裏手に廻った。

料理屋の庭からは、連なる座敷が見えた。

左近は、庭の植込みの陰に潜み、連なる座敷に加納行部を捜した。

加納行部は、離れ座敷にいた。

左近は、植込み沿いに進み、離れ座敷の縁の下に走り込んだ。そして、加納のいる座敷の下に忍んだ。


加納は誰と逢うのだ。

左近は、加納の逢う相手が来るのを待った。

「お連れさまがお見えです」

仲居の声がし、座敷に人が入って来た。

左近は、足音の軋みから入って来た者は武士だと睨んだ。

「お呼び立て致して申し訳ない。拙者《せっしゃ》、水戸藩御側衆の加納行部です」

加納は名乗った。

「拙者、土浦藩総目付小笠原主水……」

小笠原主水……。

左近は眉をひそめた。

加納が招いた客は、土浦藩総目付の小笠原主水だった。

小笠原主水と加納行部……。

相州五郎正宗を巡り、忍びの者を雇って暗闘を繰り返して来た者たちだ。

左近は緊張した。


「して、御用とは……」

小笠原主水は、加納行部に探る眼を向けた。

「此度の一件、貴藩には多大な御迷惑をお掛け致したのをお詫び致す」

加納は詫びた。

「ならば、我が藩の相州五郎正宗には、今後一切手を出さぬと約定して戴けるかな」

小笠原は厳しく告げた。

「勿論、約定致す。その代わり……」

「その代わり……」

小笠原は、加納を見据えた。

「その代わり、此度の一件、御公儀には勿論、天下には一切、ご内密にお願いしたい」

加納は、小笠原に持参した桐箱を差し出して蓋を開けて見せた。

桐箱の中には、二十個の切り餅が納められていた。

「此は……」

小笠原は眉をひそめた。

「ご迷惑をお掛け致した始末料です」

加納は、小笠原を見詰めた。

「そうですか。ま、御公儀に知れるのは、我らにとっても面倒なだけ……」

小笠原は、小さな笑みを浮かべた。

「ならば、小笠原どの……」

加納は、微かな安堵を過ぎらせた。

「うむ。我らに異存はない。だが、加納どの、甲賀忍びの者共を押さえられるかどうか……」

小笠原は苦笑した。

「甲賀忍び……」

加納は眉をひそめた。

「如何にも。総帥の夢幻を殺され、熱り立って身を潜めた。何をしでかすか

「……」

小笠原は、吐息を洩らした。

「小笠原どの……」

「加納どの、甲賀忍びの者共を押さえる手立ては只一つ……」

「只一つ……」

「如何にも、甲賀夢幻を殺した木曾忍びの御館連也斉の始末……」

小笠原は、加納を見据えて云い放った。

「木曾連也斉の始末……」

加納は、厳しさを露わにした。

「如何にも。木曾連也斉を始末致せば、甲賀忍びの者共も落ち着き、黙って甲賀の里に帰るでしょう」

「成る程。木曾連也斉の始末ですか……」

加納は頷いた。

「左様。相手は木曾忍びの御館、出来ますかな……」

小笠原は、加納を窺った。

「連也斉の首一つで甲賀忍びが退くなら、やってみますか……」

加納は苦笑した。

小笠原主水と加納行部は、木曾忍びの御館連也斉を殺して相州五郎正宗に拘わる一切をなかった事にしようとしている。

左近は知った。

四

土浦藩総目付の小笠原主水と水戸藩御側衆の加納行部は、木曾忍びの御館連也斉の始末を条件に手打ちをした。

左近は知った。

所詮、忍びの者は使い捨ての道具なのだ。

左近は、冷ややかな笑みを浮かべた。

それにしても、加納行部はどのような手立てで木曾連也斉を始末するのだ。

加納が、剣の遣い手だとは聞いてはいない。

ならば、何者かに闇討ちさせるのか……。

闇討ちといっても、相手は木曾忍びの御館連也斉であり、配下も多い。

余程、腕に覚えがある者でない限り、返り討ちに遭うのは眼に見えている。

となると、闇討ちも難しい……。

残るは、騙《だま》し討ちしかない。

加納は、甲賀忍びの配下の者共に裏切らせ、騙し討ちにするのかもしれない。

何れにしても面白い……。

左近は、事の成行きを見守る事にした。


加納行部は、向島の水戸藩江戸下屋敷に戻った。

左近は見送った。

水戸藩江戸下屋敷は、総帥夢幻を殺された甲賀忍びの報復を恐れ、木曾忍びは結界を厳しくしていた。だが、常泉寺の境内と隣接する水戸藩江戸下屋敷の奥庭の結界は緩んでいた。

左近は、緩んだ結界を見廻る木曾忍びに隙が出来るのを待った。

今だ……。

左近は、常泉寺の境内から水戸藩江戸下屋敷の奥庭に忍んだ。

奥庭の離れ家は、隠居の宗斉が死んでから誰も暮らしてはいなかった。

左近は、離れ家に忍び、水戸藩江戸下屋敷の様子を窺った。

御側衆の加納行部は、木曾忍びの御館連也斉に土浦藩総目付の小笠原主水と手打ちをした事を伝えた。

「そうですか。土浦藩と話はつきましたか……」

連也斉は微笑んだ。

「如何にも。甲賀忍びの者が総帥夢幻を殺されて熱り立っているが、何とか説得し、甲賀に帰すそうだ」

「それは重畳《ちょうじょう》……」

連也斉は頷いた。

「そこでだ、連也斉どの。土浦藩総目付の小笠原主水は、おぬしら木曾忍びを退かせて貰いたいとの事だ」

「成る程。甲賀忍びも退くから我ら木曾忍びも退けと申しますか……」

「左様。如何かな……」

加納は、連也斉を窺った。

「我らは水戸藩御側衆のおぬしに雇われた身。そちらが退けと申されるなら、従う迄……」

「そうか。報酬は約束通りに支払う」

「うむ。ならば、配下の木曾忍びを逐次《ちくじ》、木曾に帰そう」

連也斉は頷いた。


水戸藩江戸下屋敷に張られていた木曾忍びの結界は大きく緩んだ。

加納行部は、木曾忍びの御館連也斉に土浦藩との手打ちを告げた。

左近は睨んだ。

木曾忍びの者たちは、雲水や行商人など旅の者に身形を変えて水戸藩江戸下屋敷から立ち去り始めた。

それは、単に手打ちをしたからなのか、それとも木曾連也斉抹殺の為に加納行部の仕組んだ事なのか……。

左近は見守った。

数日が過ぎた。

水戸藩江戸下屋敷に残る木曾忍びは、御館の連也斉を含めて僅かな人数になった。

木曾連也斉抹殺の時は近付いた。

左近は読んだ。

加納行部は、木曾忍びの御館連也斉を離れ家に招いて酒宴を催した。

左近は、加納と連也斉が酒を飲む座敷の天井裏の梁の上に忍び、己の気配を消した。

加納と連也斉は、酒を飲み始めた。

「いろいろご苦労でしたな……」

加納は、連也斉を労って酒を酌み交わした。

「いえ。相州五郎正宗を奪われ、御隠居宗斉さまを亡き者にされたは、木曾忍びとして恥じ入るばかり。お許し下され」

連也斉は詫びた。

「なに、事は御隠居宗斉さまの物欲と自儘《じまま》から始まった悪夢。お陰で水戸藩としても漸く悪夢の元を取り除けたと申すもの……」

加納は小さく笑った。

「ならば、何もかも加納どのの思惑通りですかな……」

連也斉は読んだ。

「いや。拙者の思惑と云うよりは……」

加納は、意味ありげに言葉を濁し、酒を飲んだ。

濁した言葉の裏には、水戸藩藩主や重臣たちが潜んでいるのだ。

水戸藩隠居宗斉の死は、敵よりも身内が望んでいた事なのかもしれない。

左近は気付き、微かな戸惑いを覚えた。

「成る程。御隠居宗斉さま、かなり疎《うと》まれていたようにございますな」

連也斉は苦笑した。

「如何にも……」

加納と連也斉は、互いに酌をし合って酒を飲んだ。

半刻が過ぎた。

左近は見守った。

加納と連也斉は、酒を飲み続けた。

そして、連也斉が酒を飲み、不意に盃を落とした。

加納は跳び退いた。

連也斉は立ち上がり、激しくよろめいた。

「毒を盛ったか……」

連也斉は、嗄れ声を震わせ、口から血を吹いた。

次の瞬間、次の間や廊下から水戸藩の家来たちが雪崩《なだ》れ込み、連也斉に斬り付けた。

連也斉は斬られ、仁王立ちになり五体を激しく痙攣《けいれん》させた。

家来たちは、刀を煌めかせて連也斉に殺到した。

連也斉は、血塗れになって斃れた。

加納は、木曾連也斉の死を見届けた。

「配下の木曾忍びの者共はどうした……」

「毒酒を飲み、既に……」

家来は報せた。

「よし。ならば、連也斉たちの死体を片付け、此の離れ家を早々に取り壊せ」

加納は命じ、離れ家を後にした。

毒を盛った……。

左近は、加納行部の木曾連也斉始末を見届けた。

木曾連也斉は、毒を盛られた。

水戸藩御側衆加納行部は、土浦藩総目付の小笠原主水との約定を守り、木曾忍びの御館連也斉を始末したのだ。

木曾忍びの御館連也斉は滅びた。

無惨……。

左近は、不意にその言葉を思い出し、微かな腹立たしさを覚えた。

何故だ……。

左近は、己の腹立たしさに戸惑った。


水戸藩御側衆加納行部と土浦藩総目付の小笠原主水……。

左近は、己の腹立たしさが加納と小笠原に対するものだと気付いた。

所詮、忍びの者は使い棄ての道具だ。

しかし、使い棄ての道具にも意地と矜恃はある。

使い棄ての道具の意地と矜恃を見せてくれる……。

左近は、加納行部と小笠原主水に忍びの者の恐ろしさを思い知らせる事にした。

夜の小名木川は静かに流れ、大川に向かう猪牙舟の明かりが揺れていた。

土浦藩江戸下屋敷は、結界を張っていた甲賀忍びもいなく寝静まっていた。

左近は、土浦藩江戸下屋敷の土塀を越えて忍び込んだ。


土浦藩江戸下屋敷の警備は、宿直の家来たちの見張りと見廻りだけだった。

左近は、見廻りの家来たちの隙を突いて表御殿に忍び込んだ。

総目付の小笠原主水は、表御殿にある総目付の用部屋に寝泊まりをしている。

左近は、表御殿の長い廊下を進んで総目付の用部屋に向かった。


燭台の火は、仄かに用部屋を照らしていた。

小笠原主水は、相州五郎正宗を奪い返した手柄で総目付頭になる事に決まった。

出世だ……。

そして、水戸藩御側衆の加納行部から木曾忍びの御館連也斉を約定通りに始末したとの密書が届いた。

何もかも上首尾に終わった……。

小笠原は、満足げに頷いて酒を飲んだ。
燭台の火が小刻みに瞬いた。
次の間の暗がりが揺れ、黒い影が過ぎった。
人か……。
小笠原は、怪訝な面持ちで次の間の暗がりを見詰めた。
刹那、背後に人の気配がした。
小笠原は振り返った。
眼が光っていた。
小笠原は驚き、思わず声を上げようとした。
一瞬早く、手が伸びて小笠原の口と首を押さえた。
小笠原は、逆手を捕らえられて畳に激しく押さえ付けられた。
覆面と黒装束に身を固めた忍びの者……。
小笠原は、漸く気が付いた。
木曾忍びか……。
小笠原は抗った。
だが、忍びの者の手は緩まず、厳しく絞まるだけだった。

小笠原は、苦しく呻いた。

「土浦藩総目付小笠原主水、使い棄ての忍びの者の恐ろしさ、篤《とく》と味わうが良い……」

左近は囁いた。

小笠原は、恐怖に震え上がった。

左近は、小笠原を縛り、猿轡《さるぐつわ》を咬ませた。そして、小笠原の脇差を抜き、その首に刃を当てた。

小笠原の顔から血の気が引いた。

左近は、首に当てた脇差を引いた。

小笠原は、首にむず痒《がゆ》さと生温かさを感じた。

首が鋭利な刃で斬られ、血が溢れ出たのだ。

血が滴り落ちて小さな音を鳴らした。

「血脈から血が滴り落ち、やがては死ぬ。その恐ろしさ。ゆっくり味わうのだな」

左近は笑った。

縛られ、猿轡を咬まされた小笠原は、恐怖に激しく震えて踠《もが》くだけだった。

血は首から滴り落ちた。

甲賀忍びの総帥夢幻と共に秩父忍びを苦しめた小笠原主水は、眼の前で果てようとしている。

左近は、冷徹に見守った。

小笠原は、己の首から滴り落ちる血を見詰めたまま気を失った。

此迄だ……。

左近は、小笠原の縛《いまし》めと猿轡を解き、その手に血の付いた脇差を握らせた。

小笠原の息はか細くなり、脈は弱々しくなっていた。

死ぬのは間もなくだ……。

左近は見極め、小笠原の用部屋を後にした。

燭台の火は揺れて消え、血の滴り落ちる音が暗闇に微かに鳴った。


土浦藩総目付の小笠原主水は、出世が決まっているのに自害して死んだ。

何故だ……。

水戸藩御側衆の加納行部は、小笠原の自害が腑《ふ》に落ちなかった。

何者かが自害に見せ掛けて殺したのかもしれない。

もし、そうなら忍びの者の仕業なのだ。

忍びの者の仕業なら、木曾か甲賀か、それとも……。

加納行部は、小石川の水戸藩江戸上屋敷から向島の下屋敷に向かっていた。

提灯を手にした供侍は、加納を先導しながら夜の吾妻橋を渡った。そして、源森川に架かっている源兵衛橋に差し掛かった。

刹那、拳大の石が飛来し、提灯を持った供侍の顔面に当たった。

供侍は呻き、気を失って倒れた。

加納は身構えた。

地面に落ちた提灯が燃え始めた。

源兵衛橋の袂に忍びの者が現れた。

「何者だ……」

加納は、刀の柄を握り締めた。

忍びの者は覆面を取った。

左近だった。

「影森左近……」

加納は眉をひそめた。

提灯は燃え上がった。

「加納行部、忍びの者に殺し合いをさせた挙句《あげく》、何事もなかったかのように手打ちをするとは、忍びも呆れる外道《げどう》の振る舞い。使い棄てにされて虚しく散った者の恨み、晴らす」

左近は、加納を見据えた。

「そうか。己が土浦藩の小笠原主水を自害に見せ掛けて殺したのか……」

加納は読んだ。

「次はおぬしだ。仮に逃げても生涯付け狙い、忍びの恐ろしさを思い知らせてやる」

左近は告げた。

提灯は燃え尽き、闇が一挙に押し寄せた。

「おのれ……」

加納は、恐怖に駆られて刀を抜き払った。

左近は冷笑し、無明刀を抜いて頭上高く真っ直ぐに構えた。

天衣無縫の構えだ。

無明刀は蒼白い輝きを放ち、左近は隙だらけになった。

今だ……。
加納は、地を蹴って左近に走った。
左近は動かなかった。
加納は、猛然と斬り掛かった。
剣は瞬速、
無明斬刃……。
左近は、無明刀を真っ向から斬り下げた。
閃光が交錯した。
左近と加納は、擦れ違って残心《ざんしん》の構えを取った。
僅かな刻が過ぎた。
加納は断ち斬られた額から血を流し、眼を瞠ったまま横倒しに斃れた。
左近は、無明刀に拭いを掛け、音もなく鞘に納めた。

左近は、夜の隅田川を眺めた。
隅田川の上流は荒川に続き、流れの源は秩父に繋がっている。
夜の隅田川は静かに流れ、空には無数の星が煌めいていた。

光文社文庫

文庫書下ろし／長編時代小説

無《む》惨《ざん》なり　日暮《ひぐらし》左近《さこん》事件帖《じけんちよう》

著　者　藤《ふじ》　井《い》　邦《くに》　夫《お》

2021年3月20日　初版1刷発行

発行者　鈴　木　広　和
印　刷　萩　原　印　刷
製　本　フ　ォ　ー　ネ　ッ　ト　社

発行所　株式会社　光　文　社
〒112-8011　東京都文京区音羽1-16-6
電話（03）5395-8149　編　集　部
8116　書籍販売部
8125　業　務　部

落丁本・乱丁本は業務部にご連絡くだされば、お取替えいたします。
ISBN978-4-334-79175-9　Printed in Japan

組版　萩原印刷

藤井邦夫
［好評既刊］

日暮左近事件帖

長編時代小説　★印は文庫書下ろし

著者のデビュー作にして代表シリーズ

(一) 正雪《しょうせつ》の埋蔵金
(二) 出入物吟味人
(三) 阿修羅の微笑
(四) 将軍家の血筋
(五) 陽炎《かげろう》の符牒
(六) 忍び狂乱★
(七) 赤い珊瑚玉《さんごだま》★
(八) 神隠しの少女★
(九) 冥府《めいふ》からの刺客★
(十) 無惨なり★

光文社文庫